**François-Xavier Liagre

Rue des petits péchés

Si vous souhaitez être tenu au courant de mes réalisations (écrits, contes, chansons, sculptures), envoyez-moi un message en visitant la page *Contactez-moi* de mon site Web :

www.liagre.ca

ISBN 978-2-9815968-0-2

Photo de couverture « Une fenêtre sur le temps » © Julie Turconi
Photo de FX Liagre en couverture © Jean-Pierre Delisle

La rue

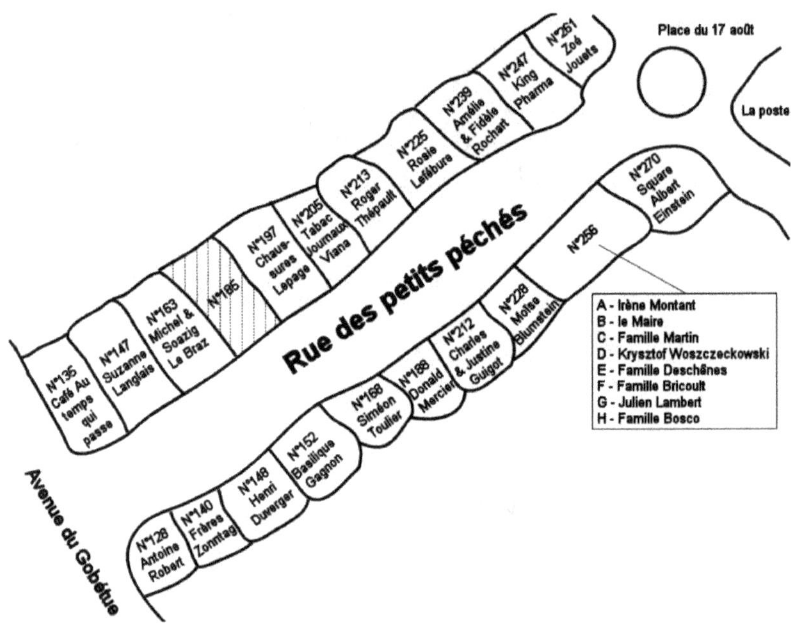

Place du 17 août
La poste
N°261 Zoé Jouets
N°247 King Pharma
N°239 Amélie & Fidèle Rochart
N°225 Rosie Lefébure
N°270 Square Albert Einstein
N°213 Roger Thépault
N°205 Tabac Journaux Viana
N°197 Chaussures Lepage
N°185
N°256
N°163 Michel & Soazig Le Braz
N°147 Suzanne Langlais
N°135 Café Au temps qui passe
N°228 Moïsa Blumstein
N°212 Charles & Justine Guigot
N°188 Donald Mercier
N°168 Siméon Toulier
N°152 Basilique Gagnon
N°148 Henri Duverger
N°140 Frères Zonntag
N°128 Antoine Robert
Rue des petits péchés
Avenue du Gobétue
A - Irène Montant
B - le Maire
C - Famille Martin
D - Krysztof Woszczeckowski
E - Famille Deschênes
F - Famille Bricoult
G - Julien Lambert
H - Famille Bosco

Basilique Gagnon, N° 152

La première que l'on voit en entrant dans la rue, c'est celle qui n'y habite pas. Oh, elle y passe sa vie, certes, mais elle n'y a pas d'adresse. Elle n'en a plus.

Basilique Gagnon a passé toute sa vie rue des petits péchés. Vivant au 152, dans la maison où elle est née, celle que ses parents ont achetée, jeunes mariés, il y a si longtemps. Une petite maison aux pierres inégales, noyées dans un mortier grisâtre que le père de Basilique, à chaque printemps, enduisait d'un plâtre au blanc éclatant qui, l'espace de quelques mois, faisait oublier les poussières et les fumées de la ville. Une maison au toit de tuiles orangées qui arboraient leur sourire ébréché au-dessus de la façade et donnaient une allure presque méditerranéenne à ce petit pavillon de banlieue parisienne. Cette maison abritait un foyer où la pauvreté n'était jamais synonyme de tristesse et Basilique se rappelle encore son père, les dimanches matins, les yeux illuminés de fierté après la dernière touche de peinture étalée avec soin sur un volet ravivé pour la belle saison. Une bicoque dont ne subsistent aujourd'hui que quelques planches brûlées, quelques pierres noircies, chaque jour moins visibles au milieu des hautes herbes qui ont envahi le terrain.

Basilique Gagnon, c'est la maîtresse. Tous les résidents de la rue l'ont appelée ainsi : « Maîtresse » ; une maîtresse d'école à l'ancienne, comme on n'en fait plus. Même ceux qui se sont installés ici après que Basilique Gagnon ait enfin pris une retraite amplement méritée se surprennent parfois à la parer de ce titre respectueux.

C'est qu'elle en impose, la Maîtresse Gagnon. Qu'elle en imposait. Fière, autoritaire, droite jusqu'à la rigidité. Les fortes têtes, petites ou grandes brutes baissaient les yeux et filaient doux en sa présence. Jusqu'à Robert Legros, le délinquant, la terreur du quartier. Lui qui régnait en despote sur tous et toutes depuis l'enfance, qui avait gravi à la force de ses poings la hiérarchie des bandits, restait silencieux et rougissant, timide comme un garçonnet quand Maîtresse Gagnon le sermonnait. Et il lui obéissait !

D'ailleurs, quand les policiers sont venus l'arrêter après la découverte du cadavre de son associé, c'est l'intervention de Maîtresse Gagnon qui a permis d'éviter que la scène ne se termine en fusillade et en bain de sang. « Ça suffit maintenant, Robert Legros ! Sors immédiatement, je te l'ordonne ! » a-t-elle crié depuis la rue quand Robert, barricadé chez lui, a hurlé à ses assiégeants qu'il ne se rendrait jamais et que ceux qui essaieraient d'entrer dans la maison en ressortiraient les pieds devant. Ce que l'escouade de policiers armés jusqu'aux dents était incapable d'accomplir, Basilique Gagnon l'a obtenu de cette simple phrase. En une minute à peine, Robert est sorti, les bras ballants et les mains vides, regardant le sol avec l'air d'un enfant pris en faute. Il s'est laissé faire sans réagir pendant qu'on le menottait, regardant obstinément les pieds de son ancienne maîtresse d'école, semblant ignorer les multiples armes braquées sur lui, n'attendant – n'espérant ? – qu'un geste de trop pour le transformer en passoire. Et quand Basilique Gagnon lui a dit d'une voix chaleureuse : « C'est bien, Robert. Enfin tu te comportes intelligemment, comme un bon garçon. » C'est un sourire confus, un sourire d'enfant, qui a illuminé sa face de criminel. Il a osé lever les yeux et la regarder brièvement. Il a gardé cet air de mauvais élève repentant jusqu'à ce que les portes du fourgon de police se referment sur lui.

Peut-être l'a-t-il toujours, dans sa cellule, cet air de cancre réprimandé qui sait que la maîtresse a raison. Qu'elle a toujours eu raison. Cet air soulagé de lui avoir enfin obéi. Peut-être le gardera-t-il encore 25 ans, le temps de terminer sa peine de prison.

En ce matin de congés scolaires, Basilique Gagnon en a après l'étal de Charles Guigot, l'épicier du 212. Les fruits sont sales. Mal présentés. En mauvais état. « Tiens ! Regarde celle-là ! Ce n'est pas une prune pourrie, peut-être ? » lance-t-elle en lui tenant sous le nez un fruit un peu trop mûr. Charles approuve, prend le fruit avec précaution et murmure qu'elle a raison, que cette prune est bel et bien blette. Mais avec la chaleur des derniers jours, tout mûrit tellement vite... « Ah ça suffit ! Ne fais pas ton pleurnicheur avec moi ! Je sais bien que des fruits abîmés, ça arrive. Mais dans ce cas, continuer à les vendre à ce prix-là, ça s'appelle du vol ! Et puis la chaleur, aujourd'hui, tu repasseras. Allez, fais-moi le plaisir de changer ce panneau. Un, non... deux euros de moins la livre. Et immédiatement, sinon tu n'as pas fini d'en entendre parler ! »

Basilique Gagnon lève un menton agressif en direction de Charles Guigot, qui en réaction baisse les yeux. Il faut dire qu'elle est toujours aussi impressionnante, madame Gagnon ! Pas physiquement, évidemment. Elle n'est plus que l'ombre d'elle-même, si l'on compare à l'époque où elle dominait son établissement scolaire du haut de ses talons. Une petite vieille, une sorcière, oui, voilà qui décrirait mieux son apparence. Ridée, voûtée, ses cheveux gris loin d'être aussi soignés que par le passé. Des vêtements dont les beaux jours sont un lointain souvenir composent sa tenue qui parfois, par ses épaisseurs superposées, lui donne l'air d'une bohémienne. Les yeux de Basilique Gagnon ne sont plus aussi perçants que par le passé, mais encore bien assez pour lui conserver son autorité sur tous, même si c'est à travers les culs de bouteille de ses épaisses lunettes qu'ils exercent dorénavant leur pouvoir. Charles Guigot s'exécute en silence, efface le prix sur l'ardoise et le remplace par le nouveau montant, obéissant docilement aux ordres de madame Gagnon. Qui, satisfaite de sa victoire, promène son regard inquisiteur sur l'étal quelques instants encore avant de s'éloigner en murmurant : « Comme ça, c'est correct ». Charles retourne dans sa boutique avec un soupir de soulagement. Jamais il ne lui viendrait à l'idée de rétablir le prix d'origine sur l'ardoise. Madame Gagnon est peut-être un peu « perturbée » depuis l'incendie, mais c'est la Maîtresse. On lui obéit et c'est tout.

Basilique Gagnon passe ainsi sa journée, toutes ses journées. Allant d'un bout à l'autre de la rue, surveillant, conseillant, réprimandant. Jamais elle ne va plus loin vers l'ouest que le carrefour avec l'avenue du Gobétue, jamais plus loin à l'est que le rond-point de la poste. Ces deux limites sont devenues pour elle des absolus indépassables. La rue des petits péchés de Basilique Gagnon n'existe que sur les 300 mètres qui séparent ces deux endroits. Son monde est réduit à la distance allant du carrefour au rond-point. Et au-delà ? Mais il n'y a pas d'au-delà ! Basilique Gagnon est athée pratiquante depuis toujours, l'incendie n'y a rien changé. Et si quoi que ce soit a un jour existé en dehors de ce bout de rue, ce n'est plus le cas. Sa vie est simple, le doute en est absent. La rue des petits péchés *est* le monde. Et Basilique Gagnon a pour mission d'y faire régner le bon ordre et la discipline. D'ailleurs, si elle se trompait, on le lui aurait dit, non ? L'obéissance des habitants de la rue est bien la preuve que la Maîtresse Gagnon a raison.

Basilique Gagnon n'a pas toujours été vieille. Certains dans la rue – et pas seulement les plus âgés – se souviennent encore du temps où le respect qu'on lui montrait allait de pair avec une pointe de jalousie chez les femmes, un soupçon de désir chez les hommes. C'est que Basilique Gagnon a été une très belle femme. Sa silhouette aujourd'hui desséchée était autrefois pulpeuse. Et plusieurs hommes, dont Charles Guigot, se rappellent encore les fantasmes d'adolescent qu'elle a fait naître chez eux, quand le respect affiché devait autant à l'autorité de la maîtresse qu'aux désirs confus qu'elle inspirait. Charles se souvient encore de la difficulté infinie qu'il éprouvait à maîtriser son regard, attiré par les courbes de la poitrine de la maîtresse bien plus que par son regard. Et à chaque fois qu'elle lui parlait, il avait droit à un : « Regarde-moi dans les yeux quand je te parle, Charles Guigot ! » qui le faisait rougir d'embarras. Et c'était sans compter sur la chute de reins de Basilique, qui était la première responsable du silence d'apparence studieuse qui régnait dans sa classe, quand elle arpentait les rangées de pupitres où bien des élèves arboraient un air de concentration aiguë qui ne devait pas grand chose à l'exercice de mathématique ou de français sur lequel ils planchaient. Ce temps est depuis longtemps révolu et Basilique n'est plus qu'une petite silhouette qui chaque jour se rabougrit et se dessèche un peu plus. Mais la nostalgie que ces souvenirs ont laissée joue pour beaucoup dans l'attention que tous portent à Basilique.

Basilique a tout perdu en un seul soir. Sa maison, son mari et sa raison. Un soir de folie où les cris, les pleurs, les hurlements n'ont rien pu faire pour empêcher les flammes de tout ravager. Un soir de désastre banal, qui a détruit en quelques dizaines de minutes un couple et son histoire. Les souvenirs de deux générations se sont envolés dans un ciel aussi gris que la fumée de l'incendie. L'histoire d'amour est devenue cendres mêlées de son foyer et de son époux. Et l'esprit de Basilique Gagnon a été consumé par ce feu qui lui volait tout.

Ni la police ni les assurances n'ont pu déterminer les causes de l'incendie. Le choc nerveux qu'elle a subi a empêché Basilique de fournir une quelconque explication. Elle n'était d'ailleurs pas dans la maison quand l'incendie s'est déclaré. C'est ce qui lui a sauvé la vie et fait perdre l'esprit. Quoique, perdre l'esprit, c'est beaucoup dire. C'est ce que certains – au premier rang desquels Siméon Toulier, son voisin immédiat –

voudraient bien faire penser à tous, dans la rue et au-delà. De fait, une fois remise du choc bien compréhensible causé par la tragédie, elle est apparue fort peu différente de ce qu'elle était avant l'incendie. Elle n'a pas perdu son coup d'œil acéré, pas plus que son sens de la répartie ni son mauvais caractère. Simplement, son monde s'est rétréci aux dimensions de la rue. C'est vrai qu'elle marque parfois une pause surprenante, au beau milieu d'une phrase, ponctuée d'une grimace ou d'un air hagard. Mais tout ceux qui, contrairement à Siméon, sont de bonne foi, savent que l'âge apporte son lot de douleurs, petites et grandes. Pas besoin d'autre explication pour les « absences » de Basilique.

La vie a donc repris son cours et c'est tout naturellement que ses voisins se sont occupés de madame Gagnon. Ils savaient tous ce qu'ils lui devaient. Ils ont pris en charge les papiers, les formalités. Ils ont réglé les frais, rassuré les services sociaux, garanti que madame Gagnon était hébergée, assistée, suivi médicalement. D'ailleurs, tout cela était vrai. Sauf l'hébergement, évidemment.

Basilique Gagnon a toujours habité la même maison. Ses parents étaient peut-être propriétaires, mais leurs moyens ne leur permettaient pas d'offrir des centres de vacances ou des voyages à la mer à leurs enfants. Une fois devenue institutrice, elle a obtenu son premier poste à l'école du quartier. Ses congés, sans exception, elle les a toujours passés chez elle et sa retraite n'a fait que perpétrer son ancrage en ces lieux. Sa maison ne peut pas plus disparaître que l'univers. C'est pour cela qu'il s'est avéré impossible de convaincre Basilique Gagnon de loger ailleurs qu'en son chez-elle dévasté et noirci. Si les ruines avaient encore été fumantes, elle serait pareillement retournée s'y installer. Tout au plus a-t-elle concédé qu'on lui installe un lit et un toit de tôle branlant sur un coin de mur qui tenait encore debout. Au 152, le jardin autrefois soigneusement entretenu a rapidement fait place à des fourrés assez épais pour que, de la rue, l'abri devienne invisible. Les taxes locales étant réglées en temps et en espèces par des voisins aussi discrets qu'efficaces, le fisc ne s'est pas inquiété de la contribuable Mathon Basilique veuve Gagnon, ni de sa folie douce.

Aujourd'hui, ses pas sont plus soucieux, plus inquiets qu'à l'habitude. Elle sait trop bien ce qui est en train d'arriver à son monde, à sa société. Elle ne se souvient plus quel penseur a un jour dit : « Les peuples prêts à sacrifier un peu de liberté pour plus de sécurité ne tardent pas à perdre totalement la première sans forcément acquérir la seconde, » mais il avait bien raison. Ses connaissances historiques autant que ses souvenirs personnels lui font craindre le pire pour les années à venir, vu la façon dont semble tourner le monde. La démonstration de ce matin en était un exemple édifiant. Folie ou stupidité, elle se demande pourtant bien ce qui l'emportait. Il en faut cependant plus pour briser les habitudes de Basilique Gagnon, qui reprend imperturbablement sa ronde de surveillance de la rue des petits péchés.

Basilique Gagnon arpente ainsi sa rue à toute heure quand elle n'est pas « chez elle », dans les ruines végétales du 152. Sa vie n'a pas changé. Ou si peu.

Les sirènes du petit matin, N° 256

Le calme matinal de la rue des petits péchés est brutalement rompu par l'irruption hurlante des voitures de police qui s'y engouffrent, arrivant des deux extrémités de la rue. Elles s'immobilisent en travers de la chaussée à grand renfort de crissements de pneus devant le N° 256, le seul immeuble à logements de la rue, leurs gyrophares projetant des éclats multicolores sur les façades endormies. Quelques instants plus tard un fourgon massif les suit et, sitôt arrêté, vomit de ses portes une file d'hommes armés dont la tenue autant que l'attitude fait immanquablement penser à des soldats en opération. C'est d'ailleurs le cas : la BAC, la célèbre Brigade Anti Criminalité, est en guerre permanente et ne s'inquiète pas plus des dégâts collatéraux que ses homologues militaires.

Les policiers vêtus de noir de la tête aux pieds s'engouffrent à la file dans l'entrée du N° 256, ponctuant leur irruption de cris indistincts et d'ordres hurlés à travers les cagoules qui leur masquent le visage. Des gradés et quelques hommes de troupe restent sur le trottoir, dos à l'immeuble, balayant la rue du canon de leurs armes. Resté assis à l'arrière d'une des voitures, seul civil de la meute, un homme dans la cinquantaine dont tout indique qu'il est le responsable de cette opération, déguste à petites gorgées le contenu d'une bouteille isotherme.

Réveillés par ce vacarme pour le moins inhabituel, les habitants de la rue apparaissent l'un après l'autre, passant la tête à une fenêtre ou entrebâillant prudemment leur porte. Le premier à oser se risquer, Siméon Toulier, se dirige d'un pas mal assuré vers les voitures qui bloquent la rue devant le N° 256. À son approche, deux policiers jaillissent de l'un des véhicules et braquent leurs armes dans sa direction. Siméon se fige sur place, lève les bras et balbutie d'une voix enrouée : « Mais qu'est ce qui se passe ? » L'homme en civil sort alors lentement de la voiture, pose sa bouteille sur le toit de cette dernière avant de se retourner vers Siméon et de lui lancer d'un ton rogue :

- Capitaine Brossard, Brigade Anti Criminalité. Circulez !
- Mais...
- Circulez !

Siméon, dont la principale qualité n'est pas la témérité, hoche la tête avec servilité et, serrant contre son corps malingre les pans du pardessus qu'il a enfilé sur son pyjama, retourne précipitamment vers son domicile, lançant par-dessus son épaule des regards où la curiosité l'emporte de peu sur la crainte. Arrivé devant sa porte il hésite un instant avant de l'ouvrir, jette un dernier regard vers la démonstration de force policière, puis retourne dans son intérieur. Quelques secondes plus tard, un rideau de la fenêtre jouxtant sa porte se soulève et son visage chafouin vient se coller à la vitre.

Au fil des minutes, d'autres résidents de la rue sortent de leur domicile et, d'une porte à l'autre s'interpellent, échangeant bien plus de questions que de réponses. Les mines sont sombres, inquiètes, surtout du côté des plus âgés pour qui cette démonstration brutale de la Police rafraîchit d'anciens et douloureux souvenirs. Souvenirs de l'occupation allemande et de ses rafles matinales que certains ont connues, enfants. Ou encore rappel de la peur et de la violence que répandaient autant les terroristes de tous bords que la Police qui les pourchassait, pendant que la guerre faisait rage en Algérie, entre les années 1950 et 1960. Ou encore les vagues d'attentats des années 80.

Des lieux « occupés » que nul n'ose approcher, on entend parfois des cris étouffés, témoins de l'agitation qui doit y régner. Soudain les hommes de faction s'écartent de l'entrée de l'immeuble et la file de policiers-soldats qui l'avait investi en ressort et rejoint au pas gymnastique le fourgon d'où elle est issue. Chacun, devant sa porte, a un mouvement de recul vite contenu en comprenant que l'opération touche à sa fin.

Un officier, resté à l'entrée de l'immeuble, s'entretient quelques brefs instants avec un des hommes de troupe qui en sort, puis ce dernier le salue et rejoint le reste de son groupe, tandis que le gradé va rendre compte au capitaine Brossard. Nul n'entend les mots qu'ils s'échangent, mais l'énervement du responsable est bien visible, et semble exacerbé par l'absence de quiconque sur qui passer sa colère. D'un geste rageur, il secoue sa bouteille isotherme, constellant le bitume de points d'exclamation couleur café puis, d'un revers de main, intime à ses troupes de reprendre la direction du bercail policier. Les moteurs grondent, les pneus dérapent sur la chaussée et en quelques secondes, les intrus ont disparu, ne laissant dans la rue qu'une odeur piquante de gaz d'échappement.

Tous les habitants de la rue convergent vers le N° 256 que Rosie Lefébure, la modiste qui habite juste en face, atteint la première. Elle interpelle le groupe rassemblé dans l'entrée de l'immeuble. Les yeux encore bouffis de sommeil, ils semblent tous émerger à grand peine d'un cauchemar :

— Qu'est-ce qui se passe ?

— Pourquoi la Police, enfin, qu'est-ce qu'ils voulaient ?

— C'était la Police ? Vraiment ? On aurait dit des soldats...

— Rien ! l'interrompt Marjorie Deschênes, une des habitantes du 256, qui semble réprimer à grand peine une fureur froide.

— Rien ? Mais comment ça, rien ?

— Une erreur. Une foutue erreur d'adresse ! C'est tout ce qu'ils ont trouvé à dire ! Ils ont démoli ma porte, terrorisé mes filles, et on ne sait même pas qui ou quoi ils cherchaient ! À part qu'ils se croyaient rue des grands pêchers ! Non mais dans quel monde vit-on !, termine-t-elle en prenant les autres résidents à témoin.

Tous opinent du chef en regardant le sol, la même pensée à l'esprit : oui, dans quel monde vit-on, qu'est donc devenue cette société ou des gens honnêtes peuvent être ainsi réveillés, malmenés, tirés du lit au petit matin par des forces de l'ordre qui ne prennent même plus la peine d'être polies, sans parler de s'excuser de leurs erreurs ? Une Police devenue plus inquiétante que les malfaiteurs qu'elle est censée combattre.

Tous savent bien que le monde a changé, ces dernières années. Que le maître-mot des politiciens est devenu « sécurité », supplantant ses prédécesseurs, « emploi » et « progrès ». Mais soupirer avec commisération devant l'annonce télévisée du dernier attentat commis dans un pays lointain ou opiner à la dernière déclaration martiale du chef de l'État qui promet de « terroriser les terroristes », c'est une chose. Découvrir dans son quotidien les conséquences concrètes de ces rodomontades que l'on imagine plus électoralistes que concrètes, voilà qui donne à réfléchir et d'une toute autre manière. La rue des petits péchés s'est trouvé un sujet de sombres ruminations pour les journées à venir.

Roger Thépault, N° 213

— Je ne trouve pas ça normal. Tu peux dire ce que tu veux, mais moi, je ne trouve pas ça normal, déclare Siméon Toulier à Roger Thépault.

Ils sont tous deux assis sur le petit banc que Roger a installé près de l'entrée du N° 213, banc qui depuis des années remplit les fonctions de poste d'observation, de lieu de méditation, de tribune politique ou encore de salon philosophique. Pour les clients de Roger et pour lui-même, à chaque pause qu'il s'octroie. Aujourd'hui, c'est l'observation environnementale et la politique sociale qui sont à l'honneur.

— Tu sais aussi bien que moi que ça ne peut pas continuer comme ça.

— Mmmhh…

— Et puis avec le temps qu'il fait, tu ne crois pas que ça va devenir urgent de faire quelque chose ?

Roger ne répond pas, mais il grimace. Il le sait bien que le temps commence à changer, que l'été chaque jour se transforme un peu plus en souvenir et que les pluies d'automne seront bientôt là. Cela fait deux jours que ses cicatrices et sa mâchoire le font à nouveau souffrir, l'élançant régulièrement de douleurs qui lui vrillent le crâne.

Roger est le boucher de la rue. Et ses cicatrices sont professionnelles autant que morales. Un jour, il y a plus de trente ans, alors qu'il débutait dans le métier, son tranchoir à viande a rebondi sur un os particulièrement dur. La lourde lame d'acier s'est fichée dans sa joue droite, lui brisant le maxillaire et manquant de peu lui trancher la carotide. Les médecins qui l'ont alors traité ont fait du bon travail, le meilleur que les moyens de l'époque offraient à un homme du commun. Pour autant, la reconstruction esthétique n'était pas à portée des moyens de Roger. En outre, la lame n'avait pas seulement brisé les os : son impact les avait pulvérisés en esquilles et poussières, tout en tranchant de nombreux nerfs, sensitifs et moteurs.

C'est pourquoi, depuis ce jour, Roger souffre quand le temps devient froid et humide. C'est pour cela que, depuis toujours, Roger est resté un célibataire bougon, monstre défiguré par l'énorme cicatrice violette qui lui coupe le côté droit du visage en deux parties grotesques et boursouflées, incapable de parler autrement que par borborygmes parfois difficilement compréhensibles pour quiconque n'a pas la longue pratique des habitants de la rue.

Siméon Toulier reprend son monologue tout en suivant Basilique Gagnon des yeux tandis qu'elle s'éloigne de l'étal de Charles Guigot.

— Moi je dis que ce n'est pas un service à lui rendre que de la laisser faire. Dans son état, elle serait bien mieux dans une maison spécialisée.

— Un mou'oi', tu veux di'.

— Mais non, pas un mouroir. Tu caricatures toujours ! D'abord, ce n'est pas parce que l'on perd la tête qu'on ne vit pas vieux. Regarde ta mère !

— Ché pas pa'eil !

— Mais si ! Ce n'est pas la même histoire, c'est tout. Et elle a combien ta mère ? 75, 80 ans ? En tout cas elle m'a l'air partie pour tenir la rampe encore un bon moment, je te le dis.

— Ché pas pa'eil. Tu peux pas compa'er.

— Mais si je peux et tu le sais bien. Et puis d'abord, ce n'est pas toi qui as fait les démarches pour la placer, ta mère ? Alors si tu as trouvé que c'était mieux pour elle, pourquoi ça ne le serait pas pour madame Gagnon ?

— Mmhhh…

Roger se gratte le menton en regardant le sol. Il sait bien, lui, qu'on ne peut pas comparer. Sa mère, elle est folle. Vraiment folle. D'ailleurs, elle l'a toujours été. C'est juste qu'on n'en avait pas pris conscience avant qu'elle ne se mette à se comporter vraiment bizarrement, se levant à deux heures du matin pour faire son ménage, allant faire son marché en chemise de nuit. Ou commandant 15 fois de suite un gâteau pour l'anniversaire de son fils, qui avait d'ailleurs été fêté le mois précédent. Mais quand il y réfléchit, il se dit que l'éducation sévère qu'il a endurée, l'hystérie dans laquelle la mettait la moindre tâche sur les vêtements, les lamentations de tragédienne qui accompagnaient chaque mauvais résultat scolaire, tout cela était déjà la preuve patente bien qu'ignorée d'une folie qui œuvrait depuis longtemps.

Alors que madame Gagnon, elle, n'est pas folle. Elle est… Perturbée ? Désorientée ? Quelque chose comme ça. Et à part sa volonté farouche de continuer d'habiter les ruines de sa maison, rien ou presque n'a changé, ni dans son comportement, ni dans ses activités. Non, madame Gagnon n'est pas folle. Et Roger est persuadé que la faire enfermer dans une maison de retraite médicalisée loin de son quartier, loin de sa maison, serait justement la condamner à brève échéance. L'air déprimé, il se lève et s'apprête à retourner dans sa boutique. Mais Siméon veut avoir le dernier mot. Il replace sa vieille casquette sur sa tête, l'ajuste en tirant sur la visière et demande, tout en brossant de la main droite une tache invisible sur sa manche :

— Alors, qu'est-ce que tu en dis ?

— Che que j'en dis ? Je dis que ch'est inté'éché !

— Intéressé moi ! Et comment ça ? Qu'est-ce que ça veut dire, ça, « intéressé » ?

— Oh… Tu chais bien…

— Non, justement, je ne sais pas ! Alors ? Vas-y, explique-toi !

— …chier !

La dernière réplique de Roger a beau être lâchée à voix basse, dents serrées, tandis qu'il se détourne, Siméon ne la laisse pas pour autant passer. Il se plante les poings sur les hanches et lève le menton pour rétorquer :

— Hé, pas la peine d'être grossier !

Roger ne répond pas et rentre dans sa boutique avec un geste d'énervement. Maudit Siméon, toujours à courir après ses petites combines. Ça fait longtemps qu'il lorgne sur le terrain de Basilique Gagnon. Initialement, il lorgnait évidemment sur la maison, voisine de sa propre demeure. Il avait même fait une offre d'achat à Zéphirin Gagnon, quelques années plus tôt. Offre repoussée avec d'autant plus de mépris qu'il n'avait ni osé ni eu le bon goût de la faire directement au chef de famille, mais s'était adressé à son docile et obéissant époux. Il faut dire que depuis l'école, Siméon Toulier a toujours détesté Basilique Gagnon. Et elle le lui rend bien, depuis cette époque. Il entend encore sa voix, quand elle le clouait au pilori pour tout et rien : « Siméon Toulier, espèce de sale petite fouine, qu'est-ce que tu as encore fait ? »

Maintenant il rêve de prendre sa revanche sur celle qu'il appelait auparavant « cette vieille bique de Gagnon. » Depuis l'incendie, il a changé de discours et s'est mis à prêcher le placement de « cette pauvre vieille, pour son bien. » Pour son bien, tu parles ! Roger sait ce qu'il en est, même si son naturel taciturne et diplomate le dissuade chaque jour de remettre Siméon à sa place, de lui dire son fait. Il sait que Basilique Gagnon a toujours eu raison, que Siméon n'est qu'une sale petite fouine profiteuse et mesquine, qui vendrait ses parents pour un plat de lentilles. Ou qui dénoncerait madame Gagnon aux services sociaux s'il ne craignait pas les réactions des habitants de la rue devant pareille délation.

En même temps, Siméon est un client régulier et dans le commerce, le père de Roger le lui a longtemps seriné, il ne faut jamais se mettre à dos la clientèle. De toute façon, la discussion et l'argumentation sont une trop grande souffrance pour lui. Alors il se retient, se tait et quand, comme à l'instant, un mot de trop lui échappe, il rompt le combat verbal et s'esquive au plus vite.

N'empêche, Siméon l'inquiète. Il se fait de plus en plus insistant et d'ici à l'irréparable, il n'y a peut-être plus si loin. Roger soupire en retournant derrière son comptoir. Il est désœuvré : pas de client en vue, pas d'ouvrage dans l'immédiat. Alors il s'occupe comme toujours en pareil cas : il aiguise ses couteaux. Il commence par le plus grand, celui dont la lame fait presque deux pieds. Aller et retour, aller et retour, d'un geste fluide et continu, il fait décrire à la lame des ovales quasi parfaits, un tour au-dessus, un tour au-dessous de la queue de rat. Le chant métallique de l'acier le berce, l'apaise. C'est le geste et le son qu'il préfère dans sa pratique. Il est régulièrement obligé de se réfréner, de se retenir d'aiguiser ses lames plus que nécessaire, de peur de les user prématurément. Avoir un fil parfait, c'est tout à la fois la garantie d'un travail impeccable et un vrai plaisir, quand l'acier tranche la viande sans effort, contourne les os avec maîtrise, sépare délicatement muscles et tendons. Mais au prix où sont rendus ces instruments de travail, un excès d'aiguisage finirait par engloutir les maigres bénéfices dégagés par ses prix trop raisonnables. Parfois, Roger se demande si les chirurgiens payent aussi chers leurs bistouris que lui ses couteaux. Quel monde, quand même…

C'est que Roger travaille pour vivre, pas pour s'enrichir. Il est sans concurrence dans tout le quartier et même bien au-delà, pour le prix de sa macreuse, de son bifteck d'aloyau ou de ses jarrets de bœuf. Mais pas de bousculade chez lui, pas de clients désertant les autres boucheries à cause de ses tarifs. Les gens sont bien tous les mêmes, depuis toujours : le laid, le difforme, les accidentés, les défigurés, tout cela les effraie tellement qu'ils préfèrent payer plus cher ailleurs plutôt que de venir chez lui. Sa clientèle est donc principalement composée des habitants de la rue et de quelques rues environnantes. Mais cela suffit à son bonheur : Roger est, malgré son infirmité, un homme heureux. Il a de quoi vivre, alors pourquoi se plaindre et regretter le superflu alors qu'il a le nécessaire ? Il doit ce trait de caractère à son père, qui répétait souvent l'aphorisme suivant, quand sa mère se plaignait de manquer d'argent : « Tu peux bien t'appeler Rothschild et posséder toutes les chaises du monde, tu n'auras jamais qu'un seul cul à poser dessus. Et sur une seule chaise à la fois, encore ! »

Siméon le rejoint dans la boutique et s'apprête visiblement à reprendre la propagande interrompue par la fuite de Roger quand ce dernier est sauvé par l'irruption du **Maire**. Le nouvel arrivant, comme tant de gens qui s'accrochent à leurs rêves et gloires d'autrefois, se fait appeler ainsi parce qu'il aurait été, dans un passé lointain pour ne pas dire mythique, maire de son village natal. À moins que ce ne soit simple conseiller municipal. Il a quitté ce village il y a bien longtemps, pour des raisons inconnues qu'il se garde bien d'éclaircir et s'est installé rue des petits péchés, devenant ainsi un de ses plus anciens habitants. Aujourd'hui, il est particulièrement agité, épongeant son front rouge brique d'un mouchoir à carreaux rouges et blancs aussi grand qu'une cape de torero, tout en marmonnant des bouts de phrases incompréhensibles. Roger se retourne, cesse d'aiguiser son couteau et lui lance un regard interrogateur, se demandant quel est le motif, futile à n'en pas douter, de toute cette agitation.

— Qu'éch qui y'a ?

— Ce qu'il y a ? Ce qu'il y a ? T'es pas au courant ?

— Non. Quoi ?

— La rue, tiens ! Ils vont la fermer aux voitures ! C'est la catastrophe !

— Aux voitu'es ? Mais pou'quoi ?

— La « piétonisation du centre » ! Enfin, tu sais bien, la mairie ne parle plus que de cela depuis des mois.

— Et alo' ?

— Mais c'est une catastrophe ! Une rue sans voitures, c'est une rue morte ! Il faut qu'on empêche ça !

— Hmmm

— Tu... Tu participerais à une action ?

— Une acshion ? Tu veux di' un p'ochès ?

— Non, pas un procès. Je veux dire une action de revendication, pas une action judiciaire. T'es d'accord ?

— Pou'quoi ?

— Ben... Il faudrait faire des affichages, installer des calicots dans les vitrines des commerces. Pour refuser ça. Pour mobiliser les gens...

— Non.

— Non ?

— Non.

— Mais pourquoi ?

— Pachque ma vit'ine ché une vit'ine de bouch'ie. Pas un panneau électo'al.

— Mais ça n'a rien à voir ! Ce n'est pas de l'électoral dont je te parle, c'est du citoyen. Je sais bien que c'est une vitrine de boucherie. Mais pour défendre les intérêts du quartier, c'est différent !

— Non.

Roger se détourne et reprend son aiguisage, remplaçant par un tranchoir le couteau dont le fil est devenu si précis qu'on pourrait se couper rien qu'en le regardant. Désarçonné, le Maire se retourne vers Siméon, espérant trouver une oreille plus réceptive chez ce dernier.

— Et toi, Siméon, tu me comprends ! Tu sais que c'est vrai, ce que je dis, hein ?

— Ben, je ne sais pas, minaude ce dernier. C'est sûr que ça change les choses, mais…

— Mais ?

— Ben en même temps, ce serait agréable, de ne plus avoir de voitures dans la rue. Plus sécuritaire, quoi. Faut comprendre les gens, ajoute-t-il d'un air cauteleux.

— Mais les clients, hein, les clients des commerces, s'ils ne trouvent pas à se stationner, ils ne viendront plus. Regarde Roger, comment ils viennent chez lui, ses clients, hein ?

— A pied ! répond Roger du tac au tac, sans se retourner.

— Ouais, concède le **M**aire d'un air mi-sceptique, mi-méprisant. Évidemment, tu ne dois pas être le bon exemple, avec ta clientèle très locale. C'est sûr que tes clients, ils doivent venir chez toi à pied. Quand ils viennent.

— Fff… Ch'est pas la peine d'êt'e déjag'éable.

— Mais je n'essaye pas d'être désagréable avec toi, Roger. C'est juste que…

— Heu ?

— Oh, laisse faire. Je vais plutôt demander à Rosie.

Là-dessus, le maire fait demi-tour et, sans cesser de s'éponger le front, se dirige vers la porte du 225, pour y poursuivre sa ridicule croisade chez Rosie Lefébure, qui tient le magasin de mode féminine voisin de la boucherie de Roger. Siméon le regarde sortir, jauge Roger du regard et, quand il constate que ce dernier n'est pas réceptif au bon sens, il emboîte le pas du **M**aire, haussant les épaules à plusieurs reprises. Il va y arriver. Il le sait. Le reste n'a pas d'importance, ce qui compte c'est de multiplier les soutiens pour qu'au plus tôt cette « pauvre vieille » soit logée sous un vrai toit, dans un lieu sécuritaire où elle pourra recevoir tous les soins que nécessite son état. Ce qui compte, c'est qu'au plus vite son terrain devienne accessible aux rêves de Siméon.

Rosie Lefébure, N° 225

Rosie est énervée. Elle vient de se rendre compte en mettant en rayon la dernière livraison de Distri-Mod, son grossiste, que ce qu'elle a reçu n'a pas de bon sens. Tout un carton de robes de deuil dont la clientèle se recrutera exclusivement chez les femmes de plus de 75 ans, qui ne sont pas les plus nombreuses dans la rue. Deux cartons de robes à grosses fleurs, dos nu, « grandes tailles », alors que sa seule cliente obèse est Suzanne Langlais, la fleuriste. Certes, on pourrait être tenté de faire le lien entre fleurs et fleuriste, mais le problème est que le seul article que Suzanne Langlais achète chez elle est un modèle de robe rayée, à col montant, toujours le même à chaque saison. Le col « parce que le moindre courant d'air sur la gorge ou les épaules et je tombe malade. » Les rayures « parce que j'ai quelques livres de trop (une soixantaine, songe Rosie à chaque fois) et que le rayé, tout le monde sait ça, ça amincit. » Au temps pour les 40 robes à fleurs dos nu. Le reste pourra se vendre. Mais probablement pas avant le mois de mai prochain, vu qu'il s'agit de tenues d'été.

Lorsqu'elle a constaté le désastre, elle s'est d'abord tordu les mains pendant de longues minutes, sortant les vêtements des cartons et les y remettant, gémissante, les yeux au plafond comme si un archange allait soudain le traverser et, d'un coup d'aile, opérer un miracle de transmutation textile qui lui ferait retrouver une livraison vendable. Quand elle a commencé à suffoquer, son asthme de stress lui rétrécissant les bronches et la faisant siffler à chaque inspir comme une bouilloire trop chaude, elle s'est dirigée vers l'arrière-boutique pour aller y chercher son vaporisateur. Deux bouffées salvatrices du placebo gazeux l'ont calmée. D'ailleurs, il s'agit peut-être d'un placebo, mais Rosie ignore jusqu'à l'existence de ce mot ; et l'excipient inerte qui le constitue est pourvu d'un goût médicamenteux prononcé, ce qui garanti son « efficacité ». Du coup, son stress s'est mué en colère. Prise d'une frénésie vengeresse, elle s'est mise à fouiller dans ses doubles de commandes, prête à exploser en malédiction et à se transformer en furie antique au téléphone avec cet idiot de fournisseur, dès qu'elle aurait mis la main sur la preuve de son incompétence. Las, ce que Rosie a trouvé, c'est le double conforme de la livraison délirante de ce matin. Toute force l'abandonne et elle s'écroule sur une chaise, le coin de ses yeux étiré vers le bas, comme s'ils tentaient de rejoindre la moue dépressive qui fait subir le même sort aux commissures de sa bouche. Que s'est-il passé ? Pourquoi diable a-t-elle fait une commande aussi folle ?

Rosie a oublié depuis longtemps le film télé qu'elle suivait d'un œil distrait le jour où elle a préparé son bon de commande. C'était dans la torpeur d'un après-midi d'été d'une étouffante chaleur. Un des derniers grand beaux jours. Rosie avait bu trois bouteilles de punch aux fruits, achetées le matin même chez Charles Guigot. Le goût fruité et sucré du breuvage avait achevé de la convaincre qu'il s'agissait bien d'un cocktail de jus de fruits, particulièrement adapté à la fournaise du jour. Et les six pourcents d'alcool contenu dans chacune de ces bouteilles avaient plongé Rosie dans une agréable torpeur, qu'elle avait attribué à la hauteur du mercure et à l'humidité ambiante. Ajoutez à cela, sur l'écran de son téléviseur, un navet de série Z, dans lequel un improbable voyage organisé de veuves en noir partait à la conquête d'une seconde chance dans un centre de balnéothérapie de la Costa Del Sol. Le centre de « remise en forme » voisin (spécialisé en fait dans de périodiques cures d'amaigrissement pour riches obèses) était quant à lui, de part sa clientèle à la taille aussi rebondie que la bourse, l'explication des robes à fleurs grandes tailles. Rosie ne savait pas ou se trouvait la Costa Del Sol. Probablement en Floride, non ? De toute façon, avec sa mémoire changeante et versatile… Bah ! Pas de quoi fouetter un chat. Le problème est que Rosie, avant de s'endormir pour de bon sur son canapé, avait difficilement complété une commande désastreuse pour son commerce, tout droit sortie du téléroman qui lui encombrait encore l'esprit. S'éveillant dans la soirée avec la bouche pâteuse et un début de migraine, elle avait titubé jusqu'à son lit. Et remise à neuf le lendemain, la tête claire et vide comme le ciel du matin, elle avait posté la fameuse commande sans la relire. Ah Rosie… Autant de mémoire qu'un poisson rouge, mais si gentille, toujours prête à rendre service. Un si heureux caractère !

C'est dans cet état d'esprit tout à la fois déprimé et confus que le **M**aire la trouve en entrant dans la boutique, faisant tinter la sonnette de la porte. Rosie se lève, tente du mieux qu'elle le peut d'atténuer du coin de son mouchoir les dégâts que ses larmes de rage et de désespoir ont causé à la trop épaisse couche de maquillage bleu azur qu'elle persiste à appliquer sur ses paupières. Ressortant de l'arrière-boutique, elle arrange nerveusement la pièce montée d'un demi-pied de cheveux blonds qui couronne sa tête. Quand elle voit le **M**aire, son professionnalisme reprend les commandes, et c'est en s'efforçant d'arborer son sourire le plus séduisant qu'elle s'approche de lui.

— Monsieur le **M**aire, quelle bonne surprise. Qu'est-ce que je peux pour vous ?

— Beaucoup Rosie. Tu peux beaucoup. Laisse-moi t'expliquer.

Et le **M**aire se lance dans son couplet enfiévré sur le danger que la lubie des édiles fait courir aux commerçants – non, à tous les habitants, en fait – de la rue. Couplet argumenté, détaillé, allant jusqu'au lyrique quand le **M**aire décrit le paradis bientôt perdu. Rosie l'écoute en hochant la tête, son sourire fermement vissé aux lèvres. Elle a décroché au second mot de plus de trois syllabes et a déjà oublié le début du discours – pour ne pas parler de la signification de l'ensemble – quand le **M**aire arrive à sa conclusion. Le silence s'installe sur le dernier « Hein ? » du **M**aire et plane entre eux, de plus en plus pesant, pendant de longues secondes. Rosie finit par comprendre qu'une question a dû lui être posée et bafouille un « Oui, bien sûr » qu'elle imagine peu compromettant. Un grand sourire barre le visage du **M**aire qui lui saisit les deux mains en disant : « Vraiment ? Mais c'est parfait ! Parfait ! » accompagnant ces deux derniers mots d'une ample bordée de postillons. Il lui serre les mains encore plus fort en les lui secouant et elle est sur le point de grimacer quand il la lâche et sort de la boutique en répétant : « Parfait ! Je savais que je pouvais compter sur toi, Rosie. »

La porte se ferme et Rosie reste de longues minutes à la regarder, se demandant sans inquiétude particulière ce qu'elle a bien pu accepter.

Elle est dérangée dans sa langueur par les cris stridents bien qu'étouffés d'Adèle Bricoult, la cadette d'Hélène et Jo Bricoult, qui passe sur le trottoir d'en face en hurlant : « Maman ! Maman ! Il y a une vraie statue devant la poste ! Maman ! Viens vite voir ! » La gamine disparaît dans l'entrée du 256. Quelques minutes plus tard, Rosie entend la voix d'Hélène Bricoult, et la voit bientôt passer avec sa fille, prenant la direction de la poste. Rosie se demande ce qui peut bien pousser Hélène à aller voir « une vraie statue » devant la poste. Bien sûr qu'il y a une statue devant la poste. Une « vraie ». Cela fait des lustres qu'elle y est, au milieu de la place circulaire à l'est de laquelle se trouve la poste. Elle est même entourée de jets d'eau, auprès desquels Rosie s'est souvent arrêtée lors des journées les plus chaudes de l'été. Intriguée, elle se dit qu'il faut qu'elle sache de quoi il retourne. Alors elle change de sens le panneau sur la porte pour qu'il annonce « Je reviens dans cinq minutes ». Elle prend le châle de laine beige qu'elle a sorti ce matin de son placard, le secoue pour accélérer la disparition de l'odeur des boules à mites, puis le met sur ses épaules et sort, ne prenant pas la peine de fermer la boutique à clé.

La statue, place du 17 août

Au centre de la place du 17 août, au bord du monument central, devant l'un des jets d'eau de la fontaine, un spectacle inhabituel se déroule. Un groupe d'enfants se tient en arc de cercle, la bouche ouverte et les yeux comme des soucoupes. Aujourd'hui, ce n'est pas la vitrine du magasin « Zoé jouets », celui qui fait face à la poste, qui attire leur attention : elle est détrônée par une attraction exceptionnelle. Des adultes approchent et se joignent au parterre, la bouche bientôt tout aussi béante que celle des enfants.

Posé à l'envers au sol, un haut-de-forme de belle taille, constitué de bandes verticales aux couleurs de l'arc-en-ciel et d'un rebord aux tons brillants de cuivre. Derrière le couvre-chef, un bloc qui semble fait d'acier massif, mais est plus probablement constitué de fines plaques de métal montées sur un cadre en bois. Et sur ce bloc, dans une immobilité de bon aloi, la statue de la place du 17 août.

Ou plus exactement le double de la statue. La vraie trône toujours, indifférente, au centre des jets d'eau. Son double est non pas de pierre, mais d'un bleu électrique et brillant qui rappelle les couleurs de certaines toiles à bâche. Celles que les couvreurs utilisent pendant leur ouvrage, pour protéger par temps de pluie les fragiles intérieurs, temporairement privés d'une partie leur toiture. Mais si l'on excepte ce détail chromatique, c'est bel un bien un double parfait de la statue qui vient apparemment d'être installé. Même pose fière, voire arrogante, les coudes écartés, les hanches déjetées, l'épaule droite en avant. La main gauche est posée sur le haut de la cuisse tandis que la droite s'appuie juste au-dessus de la ceinture. Le drapé qui couvre le corps est identique à l'original, au pli près, et la barbe du personnage se termine en deux pointes distinctes, tout aussi bleues et pointues que celles de leur modèle.

Les enfants échangent des commentaires, abasourdis par cette vision colorée et surtout inattendue. Le plus déluré, le petit David Bosco, lui aussi du 256, s'avance de quelques pas et touche la main gauche de la statue d'un geste bref et rapide, comme s'il craignait de se brûler. « Elle est tiède ! » s'écrit-il, ce qui, par réflexe, fait se reculer d'un pas les autres enfants. Le **M**aire, arrivé quelques instants avant Rosie, rétorque, l'air suffisant : « Évidemment qu'elle doit être tiède. Ça se voit bien qu'elle n'est pas en pierre ou en bronze, mais en plastique. C'est le soleil qui doit la chauffer. » Entendant cela, les enfants regagnent le terrain perdu mais restent néanmoins circonspects. Les adultes eux-mêmes, qui continuent d'arriver comme si la nouvelle de l'attraction, par quelque mystérieux biais, avait gagné chacune des habitations et des commerces de la rue, sont eux aussi songeurs et distants. La couleur presque agressive de la statue y est d'ailleurs pour quelque chose, faisant agir inconsciemment chez eux des réminiscences subliminales de films d'horreurs ou de science-fiction. Et ces souvenirs qui les font frissonner les maintiennent dans une prudente expectative.

Le **M**aire est le premier à reprendre ses esprits, et il décide de profiter de l'attroupement ainsi créé pour faire d'une pierre une avalanche de coups. Se retournant vers le groupe d'hommes et de femmes, il entame derechef son couplet protestataire contre le projet imminent de piétonisation de la rue qui plane, dit-il, « telle une macabre épée de Damoclès, au-dessus du destin des habitants et commerçants de la rue. » Pendant qu'il continue de pérorer, Rosie se rapproche de Justine Guigot qui vient d'arriver, et lui demande à voix basse si elle sait qui est cette dame « Auclesse » dont le **M**aire vient de parler. Justine, falote petite souris grise, lui répond négativement d'un signe de tête, tout en baissant les yeux avec l'air timide qui ne la quitte jamais, comme si elle s'excusait de son impardonnable ignorance. Rosie lui pose la main sur l'épaule avec un sourire amical en chuchotant « ça ne fait rien » et tente de reprendre le fil du discours du **M**aire, tout en jetant régulièrement des coups d'œil à la statue. Roger Thépault les rejoints bientôt, suivi dans la seconde par Michel Le Braz, le poissonnier du 163, en grande discussion avec sa voisine, l'imposante Suzanne Langlais.

C'est la population au grand complet de la rue, ou peu s'en faut, qui est maintenant face à la nouvelle statue, bloquant toute possibilité de passage dans le rond-point. Ceci est d'ailleurs de peu d'importance, vu l'absence quasi-totale de circulation automobile, n'en déplaise aux revendications aussi lyriques que futiles du **Maire**. Les conversations, d'abord murmurées, sont devenues de plus en plus fortes, les hypothèses des uns quant à la présence de l'objet se heurtant aux objections des autres, tandis que certains poursuivent simplement une discussion commencée ailleurs, avant de rejoindre le flot des curieux. Au milieu de ce brouhaha, la voix du **Maire** peine à se faire entendre et il tente avec un résultat éraillé de la faire grimper dans les aigus pour l'imposer à l'attention de tous. « C'est toujours la même chose ! Les habitants ne sont jamais pris en compte dans les décisions que la bureaucratie leur impose ! Alors qu'ils sont les mieux placés pour juger du bien fondé ou non de ces décisions, tout de même ! C'est comme… »

Mais le maire est interrompu par la voix glapissante de Lucille Deschênes, à qui David Bosco vient de soulever la jupe avec un regard salace. Lucille est aussitôt rejointe dans ses cris et ses pleurs par Corinne, sa sœur jumelle, et bientôt c'est une double sirène hurlante qui assourdit la place. Il faut dire que les fillettes Deschênes ont tendance à être caractérielles. David Bosco s'éclipse discrètement dans la foule au moment où Marjorie Deschênes la traverse, saisit Lucille. À moins qu'il ne s'agisse de Corinne ? Elles sont absolument indiscernables, jusqu'aux épis qui couronnent le sommet de leur crâne. Cette année, elles ont même poussé la ressemblance jusqu'à perdre les mêmes dents, le même jour. Leur mère se prend parfois à rêver de la première maladie infantile éruptive – rougeole, varicelle – pour pouvoir comparer le lieu d'apparitions des boutons et qui sait, disposer enfin, même si ce n'est que brièvement, d'une méthode de discrimination. Elle soulève la gamine en la tenant par le haut du bras et hurle plus fort qu'elle : « Qu'est-ce qu'il y a encore ?!! »

La fillette se tait instantanément, suivie par sa jumelle après quelques hoquets. La mère et les filles se regardent de longues secondes, les yeux égarés mais vides de larme des gamines rivés à ceux courroucés de leur mère, qui finit par lâcher le bras de Corinne ou Lucille et fait demi-tour sans un regard, retournant à l'arrière de la foule pour s'y poster, bras croisés, avec un air maussade.

Le brouhaha, un instant interrompu par la scène, reprend de plus belle, tandis que le **M**aire, dans une nouvelle tentative, reprend son argumentaire martial que personne n'écoute vraiment. Soudain, alors qu'il vocifère, index dressé vers le ciel, il se tait, gardant la pose, quand il se rend compte que la foule est redevenue silencieuse devant lui, regardant fixement dans sa direction. Ravi de voir que ses paroles ont enfin atteint la conscience de ses concitoyens, un grand sourire illumine alors ses traits et il s'apprête à reprendre sa phrase, quand un cri aigu surgit dans son dos, bientôt suivi par les sourires puis les rires, de plus en plus forts, qui le transpercent et déchirent son humeur et sa confiance en cent morceaux. Le doigt toujours dressé, ne sachant plus trop que dire, il se retourne d'un mouvement brusque pour faire taire les enfants qui gloussent derrière lui.

Et c'est à ce moment qu'il découvre avec horreur que la statue bleue, si elle est toujours vêtue de la même toge, a quitté sa pose martiale pour adopter une caricature de sa propre position, un doigt pointant l'horloge de la poste tandis que l'autre est tendu devant elle, paume dressée vers le ciel dans un geste qui ressemble plus à celui d'un mendiant demandant l'aumône qu'à la main tendue d'un orateur qui veut convaincre son public de sa bonne foi. Même le visage de la statue a changé : ses sourcils, l'instant d'avant hauts et fiers, sont maintenant plissés sur un regard chafouin dans lequel le Maire n'est pas loin de reconnaître celui qui lui fait face, tous les matins, quand il se rase.

Le Maire a plusieurs hoquets, épaules rejetées en arrière, avant de se retourner vers la foule, la bouche bée, figé comme un gibier naturalisé dans l'impuissance qui l'envahit. Les rires de la foule finissent par se calmer et tous s'approchent de quelques pas, ignorant maintenant le Maire, ce qui fait finalement bien l'affaire de ce dernier.

Tous ont les yeux rivés vers l'artiste, découvrant à l'unisson l'existence de cet art de la rue qui jamais, au grand jamais, ne s'était produit dans leur quartier. Il faut dire que ce n'est pas un endroit touristique et que les spécialistes de la statue vivante ont généralement tendance à privilégier les secteurs que visitent les étrangers et autres badauds réputés aisés. Celui-là doit être un excentrique. Ou un idiot. Pourtant, à la qualité de son immobilité et à l'expressivité de ses poses, ce n'est assurément pas un débutant. Peut-être passait-il par là et a-t-il été inspiré par la statue de la place du 17 août. Peut-être essaye-t-il de nouveaux emplacements pour développer sa « clientèle ». Peut-être s'entraîne-t-il.

Quoi qu'il en soit, personne parmi les présents n'a compris l'usage du chapeau retourné, et la foule s'est bientôt dispersée. Un quart d'heure après le départ du dernier enfant, l'artiste se coiffe de son haut-de-forme multicolore et plie bagage lui aussi.

Suzanne Langlais, N° 147

Suzanne Langlais est une rêveuse. Une incorrigible rêveuse. Elle a bien remarqué le regard acéré de Basilique Gagnon quand elle a rejoint l'attroupement en devisant avec Michel Le Braz. Regard qui ne les a pas lâchés pendant toute la scène de la statue bleue, puis est devenu un « non » murmuré mais bien visible, accompagné d'un mouvement de la tête signifiant clairement sa désapprobation. « Elle a peut-être une case en moins, madame Gagnon, mais elle n'a pas les yeux dans sa poche, » s'est dit Suzanne en son for intérieur, tandis qu'une perceptible rougeur envahissait ses joues rebondies.

Mais qu'importe. Michel est tellement beau que Suzanne se sent fondre en pensant à lui. Quand elle est allée lui acheter du poisson aujourd'hui, pour la troisième fois en cinq jours, elle s'est repue de sa carrure avantageuse, de ses bras musclés et bronzés, signe d'une vie au grand air. Bien qu'il soit poissonnier et non pêcheur, Suzanne ne peut s'empêcher de l'imaginer à la barre d'un navire, dirigeant fièrement son vaisseau sur des flots hostiles, méprisant les coups-fourrés de l'océan qui tente d'avoir raison de lui pour le briser, mais auxquels il échappe, victorieux et terriblement sexy en riant de toutes ses dents si blanches, si saines…

Décidément, Suzanne est une rêveuse.

Elle allait bientôt devoir quitter la boutique, ne trouvant plus d'excuse au moins vaguement valable de prolonger plus longtemps son séjour quand la providentielle annonce de la « vraie statue » de la place du 17 août leur a été apportée par un Éric Bosco essoufflé mais fier de mener à son terme la mission de héraut, porteur de l'incomparable nouvelle, que son frère aîné lui avait assignée. La présence inopinée de Suzanne Langlais chez Michel le Braz lui évitant même une étape, il ne lui restait plus que le café « Au temps qui passe », au N° 135, et il aurait prévenu toute la rue, tel qu'ordonné. Il est ressorti et a cavalé vers la porte du café, dans lequel il s'est engouffré, n'ayant cure de l'interdiction légale des lieux aux moins de 16 ans affichée sur le coin de la porte.

Suzanne a eu tôt fait de convaincre Michel de l'accompagner pour tirer l'affaire au clair. Il avait l'intention de prendre une pause de toute façon, pourquoi ne pas marcher jusqu'à la place et voir de quoi il retourne. Une fois sur place, Suzanne et Michel ont participé aux événements se terminant par la déconfiture du **M**aire, avec un étonnement un peu inquiet devant cet art inconnu et fascinant. Mais la fascination a été brève et la foule s'est dispersée, chacun retournant chez soi. Michel, comme tous les habitants de la rue ou presque, est un homme simple, pratique, dont les rêves cessent aussitôt l'éveil et n'ont guère de place ensuite. En ce qui concerne Suzanne, les choses sont évidemment différentes. Mais son rêve du moment se passe n'importe où, pourvu que dans le décor se trouve Michel Le Braz. Alors elle a abandonné sans regrets aucun la place et la statue bleue, et s'en est retournée à sa boutique à pas lents, échangeant avec Michel leurs avis sur cette découverte surprenante. Une fois à la poissonnerie, il l'a quittée sur un « Bye » bref et impersonnel et elle-même a rejoint ses roses et ses œillets, pour mieux poursuivre ses rêveries vaguement érotiques dans lesquelles Michel joue immanquablement le rôle principal.

Suzanne est une rêveuse, mais elle ne peut oublier que Michel est marié et que sa femme, Soazig, une bretonne tout comme lui, est une des plus belles personnes de la rue. Sa silhouette est svelte ce qui, Suzanne le reconnaît elle-même, est un avantage notable face à son propre « léger surpoids ». Soazig a le visage mince et altier, un nez fin et menu séparant des pommettes si saillantes qu'elles lui donnent presque un air slave, le tout surmonté d'une chevelure ailes de corbeau dont les reflets d'acier rehaussent à merveille ses yeux d'un bleu profond. Non, de ce côté, inutile de chercher à séduire Michel. Si quelque chose doit se produire, ce ne sera pas aux attraits de son physique que Suzanne devra sa victoire. Mais plutôt, se console-t-elle, du côté de la chaleur, de l'empathie. C'est là qu'il y a quelque chose à tenter. Soazig est belle, mais d'une telle froideur qu'elle en décourage plus d'un, et doit parfois, songe Suzanne, peser à Michel.

En arrangeant distraitement un bouquet, elle se demande pourquoi elle s'est éprise de son beau voisin. Ce ne peut être l'attrait de la nouveauté, voilà bientôt trois ans qu'il s'est installé, quand il a hérité du fond de commerce du vieux monsieur Le Cloarec. Le pauvre monsieur Le Cloarec qui a eu à peine le temps de profiter de sa retraite tant espérée. Cela ne faisait pas six mois qu'il était parti s'installer dans le sud, goûter enfin au climat plus chaud que ses rhumatismes réclamaient depuis tant d'années, que la nouvelle de son décès soudain parvenait aux habitants de la rue. Emporté par une septicémie foudroyante causée par une banale coupure infectée, probablement en jardinant ou en allant ramasser quelques coquillages. Quelle misère…

Mais cela ne répond pas à la question de Suzanne. Pourquoi donc, après plusieurs années de voisinage indifférent ou presque, a-t-elle soudain découvert qu'elle habitait à côté de l'homme de sa vie, et que pour son plus grand malheur, il était déjà marié ? Si Suzanne était capable d'objectivité, elle minimiserait le côté extraordinaire de ce brusque et surprenant coup de foudre et se souviendrait qu'en moyenne, elle tombe éperdument amoureuse deux fois par an, d'un acteur, d'un chanteur, d'un inconnu. Cette fois c'est un voisin, et la proximité rend d'autant plus intense et douloureux cet amour sans espoir de retour. Mais Suzanne, évidemment, ne peut porter un regard objectif sur ses sentiments ou sur son passé. Elle est bien trop romantique, ce qui lui ôte la possibilité de supporter la douleur de son attirance en se disant que cela ne durera probablement que quelques semaines. Mais cet inconvénient est plus que compensé par un avantage notable : elle peut ainsi, dans sa vie de tous les jours, vivre des moments d'une intensité dramatique que n'atteignent que bien rarement les films du genre.

Suzanne se demande comment elle va pouvoir supporter encore longtemps le délicieux supplice de cette proximité, les émois que font naître les moindres mimiques de Michel, les fantasmes que son image provoque dans sa vie intime faite de frustrations bien plus que d'accomplissements. Elle s'assoit au milieu de ses plantes et se laisse aller à imaginer une plage de sable fin, à perte de vue. Elle est allongée, nue sur le sable blanc, et son corps est un hymne à la plénitude et au désir. Elle voit arriver de l'horizon la petite tache noire qui grandit, grandit et devient peu à peu la silhouette d'un bateau surmonté d'une petite voile triangulaire. Le bateau, à peine plus grand qu'une barque, approche avec une insupportable et délicieuse lenteur, semblant reculer sur l'horizon dès qu'elle détourne le regard, pour faire durer et durer encore le plaisir de ce supplice de Tantale. Enfin, dans un bruit de sable froissé, doux comme de la soie, l'embarcation s'échoue sur la grève à quelques mètres de Suzanne, et s'immobilise. D'un geste souple et élégant, Michel saute du bateau, atterrissant au milieu d'une gerbe blanche et mousseuse, dans les quelques centimètres d'une eau bleue comme un lagon, bleue comme…

Il s'approche d'elle à pas lents, son sourire gourmand laisse entendre qu'il goûte à l'avance les plaisirs torrides qui vont suivre. Suzanne se tourne sur le ventre, admirant les courbes pleines de ses propres fesses et cuisses qu'elle présente à Michel, Vénus callipyge prête à célébrer tous les rites de fertilité que la virilité de Michel exigera. Il s'approche encore, se penche sur elle, la fait tendrement pivoter et prend ses lèvres. Elle a les yeux mi-clos et les ouvre lentement quand la langue de Michel force ses lèvres et l'embrase au plus profond. Elle se perd dans le bleu de ses yeux, dans ce bleu…

Dans ce bleu profond qui est le même que celui des yeux de Soazig !

À cette pensée, son rêve se tord, l'image devient floue un instant. Puis elle change, et devant Suzanne, c'est maintenant Soazig qui se dresse, nue elle aussi, les bras croisés, triomphante autant que méprisante dans sa splendeur d'idole celte. Suzanne se sent misérable, aussi laide qu'énorme, pour ne pas dire difforme. Elle se recroqueville sur elle-même en tentant du mieux qu'elle le peut de masquer de ses bras les bourrelets que forme sa chair. Ses rondeurs n'évoquent plus une déesse antique, mais plutôt les monstres gras et ridicules exhibés dans certains films pour mieux s'en moquer. Incapable d'en supporter davantage, Suzanne ouvre les yeux, suffocante, et le rêve éclate comme une bulle de savon au goût amer. L'odeur marine qui flotte autour d'elle fait monter le rouge de la honte à ses joues. Suzanne se lève et se dirige vers la salle de bain, une larme au coin de chaque œil.

Au temps qui passe, N° 135

Les habitués ont tous repris leur place, sur les chaises en formica du café « Au temps qui passe ». L'intermède de la statue a amusé le monde, mais il y a des choses sérieuses qui ne peuvent souffrir d'être trop longtemps négligées, comme la partie de cartes quotidienne des frères Zonntag et de leurs voisins, Henri Duverger et Antoine Robert. Ces quatre-là ne dérogent que bien rarement à ce rituel, qui prend place tous les jours de la semaine, en fin de matinée. Il faut dire que les frères Zonntag sont retraités, et qu'Henri Duverger, tout comme Antoine Robert, sont sans emploi. L'incident de la statue bleue a fait partie des rares exceptions à cette habitude. Et encore, la partie n'a pas été annulée, elle a simplement été coupée d'une pause. Ils reprennent bientôt leurs marmonnements, leurs mimiques et leurs gestes accentués à signification cryptique – qui ne sont d'ailleurs pas du domaine de la tricherie, puisque chacun connaît les codes gestuels des trois autres – et se plongent, comme tous les matins, dans l'attention concentrée que requiert le jeu.

Derrière le comptoir, Marcel Pinchon, le propriétaire du bar, essuie ses verres et les range, tandis que Siméon Toulier sirote un verre de vin blanc en silence. Quand il juge que les quatre joueurs sont à nouveau suffisamment absorbés par la partie de cartes, Siméon jette un coup d'œil supplémentaire vers l'autre extrémité du comptoir, où un client sirote une bière en solitaire, les yeux rivés au zinc. Dans le coin de la pièce, Julien Lambert est plongé, comme à son habitude, dans les offres d'emploi du journal. Assuré que personne ne l'épie, Siméon se penche vers Marcel et, avec un geste interrogateur de la tête, lui demande à voix basse :

— Alors ? Qu'est-ce que tu en dis ?

— Fido ?

— Ouais, Fidèle.

— Ben… C'est sûr, ça pourrait marcher. Il passe souvent causer. Enfin, si on peut appeler ça causer… Mais il ne boit pas !

— Marcel ! C'est toi le patron, non ?

— Ouais, mais… faut être prudent. Faudrait pas que ça se sache.

— Comme si je ne m'en rendais pas compte ! Tu me prends pour un idiot ?

— Non, non. Mais ce n'est pas si simple…

— Je sais. Mais si on ne commence pas, on n'arrivera jamais à rien.

Sans qu'ils y prêtent attention, Julien Lambert s'est levé et arrive derrière Siméon sans bruit. Il lui tape brusquement sur l'épaule en demandant :

— Et à quoi tu dois arriver, Siméon ?

— Hein ? Ha… À rien.

— Tiens donc !

— À rien qui te regarde, en tout cas !

— Ouais, répond Julien. Je m'en doute. Y'a des choses qu'il vaut mieux ne pas regarder, c'est ça ? Pas trop belles à voir ou à entendre, hein ?

Julien regarde alternativement Siméon et Marcel. Ce dernier se réfugie immédiatement dans l'essuyage de ses verres, les inspectant l'un après l'autre avec soin, dans le détail, comme s'il s'agissait du plus fin cristal de Bohême plutôt que de banales chopes à bière. Il arbore ostensiblement le plus parfait désintérêt quant à la question posée. « Je ne suis pas concerné, moi, je suis là juste parce que c'est mon métier d'écouter les clients, » semble-t-il dire. Siméon, quant à lui, a le nez dans son verre, et attend que le fâcheux lâche prise et s'éloigne.

Julien hésite quelques instants. Mais le peu qu'il a surpris de la conversation était trop vague pour lui donner la moindre prise. Il se doute peu ou prou que Siméon était en train d'attirer Marcel de son côté, dans les sombres projets qu'il trame à l'encontre de Basilique Gagnon. Mais faute d'argument, il hausse les épaules et retourne à sa table, finir son café et son journal. Siméon tourne la tête, le regarde en silence d'un air mauvais. Puis il fixe à nouveau Marcel et lâche :

— Décide-toi vite, en tout cas. Il y a des occasions qui ne se représentent pas.

— Quelles occasions ? demande Marcel, l'incompréhension peinte à gros traits sur le visage.

— Oh, c'est juste une façon de parler. Bon, c'est pas le tout, mais faut que j'y aille. On s'en reparle ce soir ?

— OK, répond laconiquement Marcel, continuant de polir ses verres.

Siméon se lève, lance une pièce à côté de son verre vide et sort rapidement.

Julien reprend la consultation des offres d'emploi. Sa mine s'assombrit quand il constate que, comme c'est le cas depuis bien trop longtemps maintenant, les quelques pages d'annonces ne contiennent aucun poste qu'il pourrait tenter de briguer. Soit qu'ils dépassent ses compétences, soit qu'ils sont trop éloignés de son quartier et nécessitent une voiture qu'il n'a plus. De toute manière, s'il en avait une, il serait empêché de conduire, son permis étant encore suspendu pour un an. « Tout de même, se répète-t-il en lui-même pour la centième fois, deux ans de suspension pour une première infraction à la loi sur la conduite en état d'ivresse, c'est dur. Si je ne m'étais pas battu avec les flics quand ils m'ont arrêté, les choses auraient tourné différemment. » Seulement voilà, il s'est battu. Il a crié, vociféré, insulté avant de perdre conscience puis de la retrouver douze heures plus tard, courbaturé et nauséeux, allongé sur le sol de la cellule de dégrisement du poste de police. Une journée de plus et il avait tout perdu : sa voiture, son permis de conduire et son emploi. Tout ça pour une soirée un peu trop arrosée, à parler de femmes et de sport avec ses collègues, dans un bar dont il ne se rappelle même plus la localisation exacte. Une bien agréable soirée, jusqu'à ce que le fourgon de police croise sa route et qu'il manque de le percuter, trop occupé qu'il était à se remémorer l'excellence de ses arguments dans la conversation sur... sur... Bah, qu'importe.

Ce qui importe, c'est que la paye a cessé de tomber. Et qu'au lieu de retrouver rapidement, comme il s'y attendait, un quelconque emploi alimentaire, il a soudain découvert que le marché du travail s'était resserré, durci, et que ses cinquante-deux ans et son absence de diplôme ou de qualification particulière faisait de lui une sorte de paria, condamné à errer de refus sec en réponse dilatoire. Vingt ans qu'il faisait des livraisons. Vingt ans à conduire un camion de droite et de gauche à travers la ville. Oh, il la connaît mieux que les chauffeurs de taxi ! Mais sa condamnation lui ferme désormais la porte à tous les emplois derrière un volant. Pour l'instant, en tout cas. Et même plus tard, suppose-t-il. Car il craint que la tache qui macule dorénavant son casier judiciaire soit un obstacle insurmontable, marque d'infamie visible comme une étoile jaune sur sa poitrine, marquée du mot « buveur » au lieu de « juif ». Et avec tout ça, il venait de s'offrir un téléviseur à écran géant, son polyphonique. Une folie achetée à crédit, qui rendait déjà délicate l'équilibrage de son budget. Maintenant, c'est le prochain loyer qu'il craint de ne pas pouvoir payer.

Julien soupire et referme le journal. Il repense à l'échange qu'il a interrompu entre Marcel et Siméon. Et se demande dans quelle combine le second était en train d'entraîner le premier. Certainement un mauvais coup en rapport avec madame Gagnon, vu que c'est l'obsession constante et évidente de Siméon ces temps-ci, risible dans son agitation vaine de tenter, sans succès, de rallier du monde à sa cause, mais nauséabonde et inquiétante de par ses buts réels : Siméon veut se débarrasser de la vieille dame pour mettre la main sur son terrain, tout le monde le sait. Personne dans la rue ne l'aidera à parvenir à ses fins, Julien veut s'en persuader. Personne, à moins que…

Julien se retourne, cherche les yeux de Marcel, toujours derrière son comptoir. Ce dernier, conscient du défi que lui lance Julien de soutenir son regard sans broncher ni rougir, fixe obstinément le verre qui tourne entre ses mains, séché, poli, lustré par le torchon à vaisselle. Marcel ne veut pas courir le risque d'affronter ce regard. Il sait qu'il serait incapable de masquer sa culpabilité anticipée. Il n'a encore rien fait, c'est entendu. Mais les arguments de Siméon sont diablement tentants, aussi tentants qu'ils sont sonnants et trébuchants. Marcel les tourne et les retourne dans son esprit. Une pauvre vieille, plus vraiment autonome, c'est certain que c'est un service à lui rendre. Mais alors même qu'il tente de se convaincre, il est submergé par une vague de honte qui monte comme une nausée. Pour masquer son malaise, il pose son verre et son torchon, se détourne, et tousse de manière forcée dans son poing pressé devant sa bouche, comme quelqu'un qui vient d'avaler sa salive de travers. Ne sachant plus ensuite quelle contenance adopter, il reste appuyé sur l'arrière du bar, comme s'il reprenait son souffle après une longue course. Et il regarde du coin de l'œil la salle, dans le miroir mural auquel il fait face. Ce n'est que quand il voit Julien Lambert se détourner et replonger à nouveau dans ses annonces, que Marcel retrouve assez de courage pour se tourner de nouveau vers la salle.

Une quinzaine de minutes s'écoulent, ponctuées des annonces des joueurs de carte. Julien finit par se lever, replie le journal qu'il pose sur la tablette près de la porte en sortant. Arrivé sur le trottoir, il est bousculé par Fidèle Rochart, le fils simplet d'Amélie, la couturière du 239. Avec son sourire hébété habituel, Fidèle – Fido pour les intimes – s'excuse en bafouillant avant d'entrer dans le café.

Famille Bricoult, N° 256-F

Dans le salon des Bricoult, Hélène a repris sa couture, interrompue tout à l'heure par l'irruption de sa fille et l'affaire de la statue. L'enfant retournée jouer avec ses camarades, l'agitation retombée, Hélène est rentrée reprendre ses travaux d'aiguille. La petite grandit tellement vite ces temps-ci qu'Hélène ne compte plus les séances passées à rallonger les robes, raccourcir les ourlets, tenter de faire durer le plus possible chaque pièce de vêtement, afin d'éviter de grever trop lourdement leur précaire situation financière. Jo est employé à la voirie. C'est un poste sûr, bien que pénible et mal payé. Et avec un seul salaire dans la maison, la moindre économie est la bienvenue. C'est certain, depuis que leur fils s'est engagé dans l'armée, le jour même de ses dix-huit ans, il y a une bouche de moins à nourrir et à vêtir, ce qui n'est pas négligeable. Mais Hélène ne saurait s'en réjouir. Stéphane Bricoult n'a pas signé un contrat de cinq ans dans le but premier de voir du pays, de profiter de cette occasion pour découvrir le monde et les hommes. Non, sa motivation initiale était d'abord et avant tout de quitter la demeure familiale. En promettant de ne plus jamais y remettre les pieds. C'est ce qu'il leur a lancé au visage quand il est venu prendre son linge et ses affaires, son ordre d'affectation en main. « Puisque j'ai toujours été de trop ici, vous pouvez être contents : je débarrasse le plancher ! » avait-il lancé en guise d'adieu avant de claquer une dernière fois la porte.

Ce n'est pas qu'il ait raison, non. Quoiqu'en même temps, il n'a pas exactement tort non plus. Premier né, chéri comme il se doit, Stéphane s'était vite révélé être un enfant difficile, exigeant, au caractère ombrageux et susceptible, qui faisait pour un rien de terribles crises de colère. Quand sa sœur était née, alors qu'il avait presque huit ans, Hélène et Jo, sans même s'en rendre compte, avaient reporté sur la fillette l'intégralité de la tendresse qu'ils s'étaient crû prêts à partager équitablement entre leurs deux enfants, mais dont Stéphane, depuis sa naissance ou presque, faisait fi. Lassé des mains sans cesse tendues, sans cesse repoussées, Jo le premier, bientôt suivi par Hélène, avaient cessé en peu de temps tout geste d'affection envers leur fils. Adèle, la fillette, était tout le contraire de son frère, aussi câline et douce qu'il était froid et distant. Et Stéphane s'était mis à vivre chez lui comme un étranger allophone, toléré dans la maison mais avec lequel les échanges verbaux se limitaient au strict utilitaire.

Et maintenant, il est parti. Qui sait, peut-être va-t-il bientôt se faire envoyer sur un « théâtre d'opérations extérieures », pour reprendre la terminologie militaire officielle. « Endroit idéal pour se faire tuer » songe Hélène. « C'est plutôt ça qu'ils devraient dire. Ça serait plus clair et surtout plus proche de la vérité. » Et comme Stéphane reste son fils, la chair de sa chair, en dépit des années d'incompréhension et de conflits ouverts ou larvés, une sourde appréhension la taraude. Et voilà maintenant que Jo, depuis plusieurs semaines…

Elle se sent désemparée, cherche encore ce qu'elle pourrait bien changer dans sa façon d'être, dans leur intérieur, dans leur vie. Elle sait qu'il faut un bouleversement, et vite, sinon la pente qu'a pris leur mariage va se transformer en talus abrupt, voire en paroi de précipice. Elle a essayé de parler à Jo, bien sûr. Plusieurs fois, en diverses circonstances. Mais il n'a jamais répondu. Il l'a même rabrouée, ce qu'il n'aurait jamais fait auparavant. « Fous-moi la paix ! Je rentre du boulot, je suis crevé, alors ne viens pas me faire chier ! » Saisie, elle était allée se réfugier derrière la porte close de leur chambre pour y pleurer.

Et puis il boit. Elle en est sûre, elle le sait. Pas besoin d'aller épier aux cafés « Au temps qui passe » ou au « Triangle d'or ». Même si l'odeur des cigarettes à bas prix qu'il fume dorénavant à la chaîne couvre toute autre fragrance émanant de sa personne, ses yeux injectés de sang, le tremblement de sa lèvre inférieure ou le soin exagéré qu'il prend pour articuler, lorsqu'il rentre tard le soir, tout cela est pour elle le signe indubitable que si leur situation financière ne s'améliore pas, c'est aussi parce que la bouteille prélève maintenant sa dîme sur les revenus du ménage.

Pour ne rien arranger, il ne se met plus au lit que pour s'y endormir aussitôt, ronflant comme une bûche en lui tournant le dos. Ils avaient pourtant une complicité sexuelle rare, se donnant mutuellement du plaisir plusieurs fois par semaine, malgré vingt ans de mariage qui, au lieu d'user leur intérêt l'un pour l'autre, l'avait presque rehaussé, la connaissance parfaite et pourtant chaque soir renouvelée de leur partenaire leur offrant des joies jamais émoussées. Mais il ne l'a plus touchée depuis des mois. Plus de doux pugilats sous la couette, plus d'échanges de caresses. Plus de retour au calme après la jouissance, allongés tendrement l'un contre l'autre, à échanger des confidences que seul le relâchement extrême, en ces instants, permet de dévoiler à l'autre. À la place, il y a la frustration, qui augmente encore sa douleur.

Elle ne se demande pas ce qui s'est passé, elle le sait trop bien. Si elle vit comme un déchirement les circonstances du départ de Stéphane, elle fait néanmoins la part des choses, et tente de se consacrer du mieux qu'elle le peut au quotidien. Jo, lui, a vécu la perte de son fils de multiples manières. Comme une souffrance de père qu'on renie. Comme un géniteur accusé d'indifférence, d'incompétence. Comme un camouflet, aussi. Choisi pour lui causer le maximum de honte, lui dont l'armée n'avait pas voulu quand il avait dix-huit ans, à cause d'un souffle au cœur. Souffle au cœur qui ne l'a pas empêché de pelleter des tonnes de graviers et de respirer des vapeurs d'asphalte depuis maintenant près de vingt ans. Mais ce rejet de l'armée, il l'a toujours ressenti comme une tache sur son honneur, un déni de sa virilité.

Et puis, Hélène se dit qu'il y a peut-être encore d'autres raisons, qu'elle ne peut même pas imaginer : les hommes sont tellement étranges, parfois.

Hélène cherche désespérément une idée, quelque chose à changer, qui attire le regard, puis l'intérêt de Jo. Qui le sorte de cette torpeur bougonne, de cet abrutissement alcoolique, de cette absence permanente qui lui donne l'impression d'être devenue transparente. Puisqu'elle n'arrive pas à forcer ses défenses par la parole, qu'il lui refuse, elle sait que c'est de l'extérieur que doit venir la solution. Mais quoi ? À bout d'idée réalisable, elle soupire tristement, et se dit qu'elle serait quasiment prête à accepter qu'il ait une maîtresse, si cela pouvait lui rendre le Jo d'autrefois. Oh, c'est une façon de parler. Elle se doute bien que si elle est incapable d'accepter que Jo lui vole tant de temps avec… rien, que serait-ce s'il lui fallait le partager avec quelqu'un ! Mais ses craintes sont telles, son découragement si grand que toutes ses certitudes vacillent.

Elle a évidemment d'abord cherché en elle-même ce qui aurait pu motiver cette catastrophique évolution de leur relation. Mais sans succès aucun. Elle est certaine de son objectivité quand elle se dit que ce n'est pas d'elle que vient le malheur qu'elle vit. Elle n'a pas changé de comportement, d'habitudes, s'efforçant même, quand son chagrin était trop fort, de s'isoler discrètement pour ne pas en imposer le spectacle à Jo. Tout ce qu'elle a tenté, c'était pour faire changer les choses, changer Jo. Pour qu'il redevienne comme avant, le cher mari, le tendre amant, le complice. Tout ce qu'elle a tenté en vain.

L'après-midi est avancé, et bientôt elle entend la clé de Jo dans la serrure. Jo qui, cette fois, est rentré directement du travail : ce n'est plus si souvent. Il s'approche d'elle et la regarde, sourcils froncés avec, elle le remarque aujourd'hui, une indicible souffrance au fond de ses yeux verts. Elle lui sourit, lui propose une boisson chaude, qu'il refuse d'un geste. Il est sur le point de lui dire quelque chose, mais se ravise. Il s'assoit, étale un journal sur la table et commence à le feuilleter, ne parvenant même pas à donner l'illusion qu'il est en train de le lire. Hélène s'approche, vient derrière lui et pose les mains sur ses épaules. Au moment où elle le touche, il frissonne, comme s'il allait rejeter le contact d'un geste brusque. Mais le frisson s'apaise, et il se laisse faire, sans rien dire. Encouragée, elle se penche sur lui et tente de poser sa joue contre la sienne, le menton sur son épaule. Mais il détourne la tête et fixe l'évier, le regard vide. Elle n'insiste pas et bientôt elle se redresse, les reins douloureux, en tentant de faire durer l'échange ténu que la chaleur de ses mains a fait passer à travers sa veste, jusqu'à sa peau maintenant interdite. Elle soupire. Lui aussi. Elle le lâche enfin, fait le tour de la table et s'assoit en face de lui. Mais il replonge dans son journal, tête baissée, yeux rivés aux colonnes imprimées qu'il regarde sans les voir. Elle voit une larme couler du coin de son œil gauche, glisser jusqu'à sa pommette avant de tomber sur le journal, où instantanément elle révèle par transparence les lignes imprimées sur la page suivante. Jo ne fait pas un geste pour s'essuyer les yeux. Le frisson l'a repris quand soudain, il murmure d'une voix rauque, à peine perceptible : « J'en peux plus. » De longues minutes s'écoulent, silencieuses. Hélène ne trouve rien d'approprié à faire, à dire, à part offrir sa présence compatissante. Soudain Jo se redresse, semble avoir pris une décision déchirante. Il s'essuie le coin des yeux du revers de la main, se racle la gorge et, tête droite mais le regard toujours fixé sur la table, lance d'une voix étranglée : « C'est arrivé il y a un mois. Je l'ai gardée. Mais je ne peux pas l'ouvrir. Je n'en suis pas capable. » Il met alors la main dans la poche intérieure de sa veste, et en extrait une enveloppe portant, en haut à gauche, la mention « Ministère de la Défense Nationale ». Il jette l'enveloppe sur la table, juste entre eux.

Ils restent assis, silencieux, contemplant l'enveloppe sans l'ouvrir, jusqu'au moment où Adèle rentre pour souper. Alors Hélène, se levant pour mettre la table, saisit l'enveloppe du bout des doigts et la dépose au sommet du buffet.
Le rectangle blanc bordé d'un liseré noir expose toute la soirée sa menace, juste à côté des clés que Jo a déposées là quand il est rentré.

Les frères Zonntag, N° 140

Ulrich et Harro Zonntag sont les premiers jumeaux de la rue. Les premiers, mais plus les seuls : ils ont perdu cette exclusivité il y a quelques années, lors de la naissance des petites Deschênes, ce qui n'a en rien modifié leur humeur ou leur attitude. Rien ne modifie jamais leur humeur ou leur attitude. Les frères Zonntag sont aussi stables que des rocs, aussi précis que des montres suisses, aussi réguliers que le relief de la mer. Ils sont d'ailleurs retraités de la marine marchande. La marine allemande, cela va sans dire.

Pourtant ce soir, les jumeaux sont agacés. Un imperceptible tic plisse à intervalles réguliers l'œil gauche d'Ulrich. Tandis qu'Harro, presque au même rythme, frotte d'un coup sec son majeur droit contre le pouce de la même main, produisant un petit claquement. Ce soir comme tous les soirs, Ulrich et Harro sont venus au café « Au temps qui passe » après leur repas, y prendre leur digestif habituel : fine à l'eau pour Ulrich, armagnac sec pour Harro, prouvant au passage que même de vrais jumeaux peuvent avoir des goûts différents. Ils sirotent leur alcool en silence, comme à leur habitude, mais le cœur n'y est pas tout à fait. Il y a un élément perturbateur dans le bar, une nouveauté qui froisse le respect des deux frères pour l'ordre et la régularité. Et la morale. Ce soir, accoudé au comptoir, Fidèle Rochart boit un verre. Non ! Il fait bien plus que boire un verre, de fait, il en est au quatrième, et n'a pas l'air décidé à s'arrêter en si bon chemin. Et comme les ressources personnelles dont le pourvoit sa mère sont extrêmement limitées, il est forcément en train de boire à crédit.

« *Unverschämt* » marmonne Harro. Une incorrection, c'est certain, de la part de Marcel Pinchon, le patron du bar, opine Ulrich. On ne laisse pas un débile mental boire autant. *Nicht gut*. Et surtout pas à crédit ! Que sait-il, ce pauvre idiot, de la notion d'argent et de crédit ? Peuh… *Unverschämt*. Ulrich et Harro ont du mal à se faire à ce spectacle. Tout le plaisir de leur digestif en est gâché. Mais pour autant, ils ne se permettraient pas d'intervenir d'une quelconque façon. Cela aussi, serait *unverschämt*. Ils ont toujours été, sont et resteront des étrangers. Résidents de la rue, certes. Et depuis fort longtemps. Mais étrangers, ce qui ne leur confère pas tout à fait les même droits que les nationaux, notamment en matière d'autorité, et influence aussi la façon dont ces derniers traiteront toute excentricité de leur part. Les frères Zonntag le savent bien et jamais depuis qu'ils se sont installés ils n'ont violé le code de bonne conduite qui les concerne. Ce n'est pas ce soir qu'ils vont commencer.

Mais ils désapprouvent, et ont presque le droit de le montrer, pourvu que ce soit en silence. Alors ils ne s'en privent pas. Harro se lance dans une interminable phrase en allemand. Ce qui est assimilé à : « en silence », vu que personne dans la rue ne comprend l'allemand à part les frères Zonntag. Et Moïse Blumstein, le vieux juif du 228, qui parle russe, allemand et yiddish. Mais Moïse ne met jamais les pieds « Au temps qui passe », donc il ne compte pas. La phrase qui n'en finit pas est chuchotée de manière pressante à son frère. Ce dernier le laisse achever la liste de verbes finaux, qui donnent enfin un sens à l'ensemble. Et une seconde plus tard, entame à son tour ce qui finit par ressembler à un concours de tenue de souffle bien plus qu'à un échange d'information. Une fois tari le torrent de mots murmurés, les deux frères s'accordent une gorgée et lèvent chacun un coude aussi désapprobateur que l'alcool est brûlant dans leur gorge. Enfin, avec une gestuelle parfaitement synchronisée, ils s'essuient les lèvres du revers de la main droite avant de reposer leurs avant-bras en triangle sur la table, fixant des yeux leurs mains jointes.

« *Unglaublich,* » murmure encore Harro. « *Unmöglich* ! » surenchérit Ulrich. Pour incroyable que cela soit, ce n'est assurément pas impossible, car Marcel Pinchon est bel et bien en train de resservir Fidèle pour la cinquième fois. En ajoutant un « à la tienne, mon Fido. Ça fait longtemps que je voulais te payer un coup. Tu le mérites bien, t'es tellement fin ! » accompagné d'un éclat de rire final. Fidèle baisse la tête, balbutie quelques mots et saisit son verre. Il porte un toast muet à Marcel, et prend une gorgée qui lui enflamme la gorge et les joues. Titubant légèrement, il se retourne et étire les bras d'un geste de fatigue non feinte. Puis il regarde fixement dans la direction des frères Zonntag, la mâchoire pendant de plus en plus bas, tandis qu'un peu de salive se met à filer au coin de ses lèvres.

Ce qui bouleverse à ce point les jumeaux Zonntag, c'est un souvenir, vieux de près de 40 ans. Au cours de leur longue carrière de marins, toujours ensemble (c'était la condition *sine qua non* de leur engagement), les frères Zonntag ont accumulé bien des anecdotes, bien des souvenirs. Celui qui leur revient simultanément en mémoire, celui qui donne un goût saumâtre à leur digestif, celui-là est la résurgence d'un incident enfoui depuis bien longtemps aux tréfonds de leur mémoire. Un souvenir oublié, et pour ainsi dire nié. Un souvenir dont les frères Zonntag ne sont pas fiers.

Ils avaient 25 ou 30 ans, naviguaient entre Macao et San Francisco sur un cargo « allemand » – ce qui signifie que telle était la nationalité du capitaine, de son second et des frères Zonntag. Le reste de l'équipage était aussi bigarré que le plumage d'un perroquet, composé des habituels Philippins, Chinois, Malais, Russes, Hongrois, Tunisiens ou Sénégalais, la liste n'étant pas exhaustive. Quant au bateau lui-même, il arborait l'un des nombreux pavillons de complaisance qui font le bonheur fiscal des armateurs. Le voyage n'aurait rien eu pour se singulariser de tous ceux que les Zonntag avaient accomplis ou accompliraient au cours de leur carrière, n'eut été Mikhaïl, un jeune marin venant de Roumanie. Un jeunot, engagé comme homme à tout faire, à tout le moins « à tout ce qu'il était capable de faire, » vu que son quotient intellectuel le classait dans les déficients légers. Toute tâche trop complexe devait lui être présentée par séquences brèves et simples, condition pour qu'il en parvienne au terme. Un bon élément cependant, silencieux et obéissant.

Leur traversée du Pacifique s'était déroulée sans encombre jusqu'à ce que le second, qui ne brillait pas par ses capacités d'empathie, décide par désœuvrement de s'amuser aux dépends de Mikhaïl. Dans le carré où il avait demandé aux frères Zonntag de l'amener, il l'avait fait boire tant et plus, si bien que le pauvre Mikhaïl ne se souvenait qu'avec peine de son propre nom. Le second était un homme aux penchants sadiques assez marqués, les frères Zonntag l'apprirent à cette occasion. Il s'était moqué de Mikhaïl, d'abord par des plaisanteries bien au-dessus de la capacité de compréhension de l'idiot puis, l'alcool le libérant des quelques rares inhibitions qui lui restaient, par des brimades physiques de plus en plus rudes et même, pour les dernières, sexuelles. À ce stade, Mikhaïl avait alors tenté de regimber, mais son ivresse incontrôlée lui avait valu de goûter aux poings du second, trop content de pouvoir conclure ainsi sa séance de défoulement. Les frères Zonntag, qui assistaient depuis un bon moment aux événements en témoins silencieux et gênés, furent soulagés de voir Mikhaïl s'écrouler, s'effondrant comme un sac et restant au sol, inconscient, suite à un dernier coup de poing sur la tempe. Cela, au moins, mettait un terme à la soirée.

Mikhaïl était déficient léger, mais pas au point de n'avoir pas compris, au moins en partie, ce qui se passait. Pas assez déficient pour n'en garder aucun souvenir. Pas suffisamment déficient, peut-être, pour en ignorer la honte. C'est dans le carré où les trois autres l'avaient abandonné que le capitaine l'a découvert le lendemain matin, pendu à un tuyau avec sa ceinture.

Ulrich et Harro, tout au souvenir de cet incident tragique, sur le point de rompre leur proverbiale neutralité, ne peuvent soutenir le regard vide de Fidèle. La similitude des situations et des protagonistes rend insoutenable le spectacle qui s'impose à eux. C'est Ulrich qui sauve temporairement la situation, au prix d'un accroc aux sacro-saintes habitudes : il sort un jeu de cartes de sa poche et propose une partie à son frère, qui s'empresse d'accepter, nonobstant le fait que les cartes sont réservées au matin. Jeunes mousses, on leur a enseigné que « les marins qui jouent aux cartes le soir n'ont plus de paye le lendemain » et depuis ce jour, les deux frères ont respecté l'oukase, à de très rares exceptions près. Mais ce soir paraît être un excellent moment pour une exception, même si cela coûte aux frères Zonntag, amoureux qu'ils sont de l'ordre et des traditions. Tout en préparant l'espace nécessaire au jeu, l'un comme l'autre ne peuvent s'empêcher de se dire que peut-être, cette fois, ils devraient intervenir si la situation se prolonge. Mais cela impliquerait de faire des vagues, remuer de la boue en renouant des contacts dans des milieux qu'ils ont cessé de fréquenter depuis plusieurs années. Des milieux dans lesquels le respect de la loi est très loin de celui que pratiquent les frères Zonntag depuis leur retraite. Oh, ils savent bien que Marcel Pinchon n'est pas un défenseur plus fervent que nécessaire des réglementations. Comme tant de gens de par le monde, il les respecte tant qu'il n'a pas plus à y gagner en les outrepassant. Et dès qu'une occasion se présente, si son risque est modéré, l'appât du gain l'aide à oublier temporairement la loi.

Il faudrait être aveugle pour ne pas s'en rendre compte, d'autant que Marcel n'est pas un fraudeur d'une excessive prudence : les frères Zonntag ont épisodiquement bénéficié d'indiscrétions, de vantardises et d'un manque flagrant de précautions de la part du cafetier, trop content de jouer son cador devant ces « ennemis héréditaires » bien inoffensifs que sont les frères Zonntag. Soit, s'il le faut, ils vont agir. *Puisqu'*il le faut. En attendant, les cartes : il n'est de bonne décision qui puisse se prendre dans un climat de nervosité.

Ulrich et Harro écartent donc leurs verres, lissent le napperon de papier qui couvre la table et commencent leur partie. Ils ont joué toute leur vie, dans les matins de toutes les mers du globe. Ils ont joué en solitaire, à deux, trois, quatre et plus. Tous les jeux, toutes les règles. Jamais ils ne sont pris en défaut, quelles que soient les circonstances. Les deux frères ont des styles de jeu légèrement différents. Ulrich plus méthodique, Harro plus intuitif. Il n'en a d'ailleurs pas toujours été de même. De fait, ils se sont forcés à faire diverger leur façon respective de jouer, le jour où ils ont admis qu'ils n'avaient plus aucun plaisir à s'affronter. Raisonnant, choisissant, jouant à l'époque de manière parfaitement identique, tous les jeux de cartes à un contre un se transformaient alors en simple jeu de hasard, le tirage des cartes déterminant l'issue de la partie. Au cours des longues traversées qui les menaient, au gré des chargements et des contrats, d'Afrique en Amérique ou en Extrême-Orient, ils se sont patiemment forcés à réapprendre une nouvelle façon de jouer, chacun la sienne, bien distincte. Et ont ainsi pu retrouver le plaisir de jouer frère contre frère, ce qui représentait plus de la moitié de leurs parties, d'où l'importance de cette évolution.

Ce soir, ils entament une sorte de poker patience, qui occupe toute la surface de la table. Ils en oublient bien vite le regard de Fidèle Rochart, concentrés qu'ils sont sur le jeu. Bientôt la partie bat son plein, les figures se développent et Ulrich, son calepin sur les genoux, décompte les points. Fidèle, de son côté, a fini par se retourner vers son verre. Il s'endort plus ou moins, debout face au miroir, les yeux clos. Personne ne le dérange. Il rêve, bercé par les flots de vin qui irriguent ses veines.

Soudain, des bruits de chaises le font sursauter. Les frères Zonntag se lèvent et s'apprêtent à regagner leur maisonnette, de l'autre côté de la rue. Fidèle cligne des yeux comme un hibou éveillé par des phares. Sa main se tend vers son verre, mais sans même le voir distinctement, son poids lui signifie qu'il est vide. Qu'à cela ne tienne ! Dans l'instant, Marcel remplit le verre une sixième fois. Santé !

Les frères Zonntag sortent et referment la porte derrière eux. Fidèle et Marcel sont maintenant seuls dans le café, dans le silence soudain recréé, seulement occupé par le grésillement aigu des néons et le bourdonnement, plus grave, des réfrigérateurs. Marcel regarde Fidèle comme un serpent convoiterait un œuf. « Alors, mon Fido, tu te sens mieux ? Rien de tel qu'un peu de lubrifiant derrière la cravate, de temps en temps. Ça vous nettoie un homme, hein, Fido ! Les batteries sont rechargées, il y a du vent dans les voiles, on dirait ! » Fidèle ne répond rien, trop occupé à conserver son équilibre. Il renonce enfin à lâcher le coin du comptoir, et écarte même un peu les pieds, par sécurité.

Le dialogue s'engage, Fidèle répond par monosyllabes, à demi-conscient. La voix de Marcel est chaude, ronronnante, douce. Pas de brusquerie dans cette voix. Marcel est son ami. Il lui a offert à boire. Et maintenant il le questionne, parce qu'il s'inquiète pour lui. Il veut savoir si tout va bien. Si Fidèle a rencontré l'assistante sociale récemment. Il pose toutes sortes d'autres questions que Fidèle oublie aussitôt après les avoir entendues. Parle aussi des autres habitants de la rue. Fidèle se rappelle qu'on parle de madame Gagnon. C'est lui qui en parle. Oui, c'est lui. C'est ce que dit Marcel, alors ce doit être vrai. C'est Fidèle qui s'inquiète de la santé de madame Gagnon, qui « n'a plus toute sa tête ». En répétant cela, Fidèle est soudain pris d'une angoisse qui le fait se regarder sous tous les angles dans le miroir derrière le bar, pour s'assurer que sa propre tête est toujours entière, crainte subite provoquée par les marées que le vin déclenche dans son esprit.

Ils parlent de tout et de rien, et Fidèle répète encore et encore ce qu'il a, dixit Marcel, dit le premier. Il s'étonne à peine d'entendre toutes ces phrases accompagnées d'un « C'est toi qui l'as dit », « Tu l'as dit toi-même », « Comme tu dis ». Alors il les répète docilement pour bien les mémoriser. Si c'est lui qui les a dites, c'est bien le minimum qu'il essaye de s'en souvenir. C'est un peu étrange, et pas si facile. Certes, il connaît tous les mots contenus dans ces phrases, mais certains concepts qu'ils forment, mis ensemble, lui sont parfaitement étrangers.

Il répète, il apprend. Il est docile et appliqué, pour faire plaisir à son ami Marcel.

Marcel finit par le pousser vers la porte en lui disant : « Rentre donc chez vous, ta mère va finir par s'inquiéter si tu traînes encore. »

Un ami, ce Marcel. Un vrai. Un homme bien.

Jo Bricoult, N° 256-F

Assis dans sa cuisine, Jo Bricoult pense à son fils perdu. La douleur, la colère, la honte, tout tourne en lui comme une toupie de sentiments en folie. Son corps est immobile, tassé sur sa chaise, mais son esprit est un maelström de rage, de dépression et de vide abyssal. Jo est détruit, de l'intérieur. Ces dernières semaines, il a repoussé l'échéance, arpentant sa propre vie comme un cadavre en sursis, au sort déjà scellé par quelque juge impitoyable, trônant dans un enfer de remord et de culpabilité. Cette nuit, il est au bout de sa route, il n'ira pas plus loin.

La lettre trône toujours sur le buffet, là où sa femme l'a posée. Inutile de l'ouvrir, il sait bien ce qu'elle contient. Tout a commencé par un coup de téléphone, un soir, il y a près de six semaines. Par chance, Hélène était sortie acheter un ingrédient manquant pour le repas du soir. Il a décroché, saisi d'un inexplicable frisson. Le « Capitaine Robert » qui s'est présenté a tout juste eu le temps de décliner son identité et de dire qu'il appartenait à l'unité dont Stéphane Bricoult faisait partie, avant de se faire répondre : « J'ai rien à vous dire. Je veux pas vous entendre ! » et de se faire raccrocher au nez. Probablement coutumière de réactions de ce type, l'armée avait – le temps que son administration remue sa lourde carcasse – choisi de poursuivre le contact par écrit. La lettre était arrivée deux semaines plus tard.

Jo regarde l'enveloppe d'un regard qui n'attend plus rien, rien d'autre que le repos enfui et peut-être la fin de ses souffrances. Il a échoué dans sa vie, dans son rôle de père. Échoué à un point tel que son enfant en est mort. Pas par accident ou par manque de chance, non. Il est mort par rébellion, par rejet de ses parents. Tué par eux aussi sûrement que si Jo avait lui même tiré la balle qui lui a percé le cœur. Aussi efficacement que si Jo avait déclenché de ses mains l'explosion de la mine qui a déchiqueté son fils. Des images macabres défilent dans son esprit. Et dans toutes les scènes qu'il contemple, la victime est toujours Stéphane, le meurtrier toujours lui.

Ses épaules se soulèvent de plus en plus vite, sa vision se brouille. La lettre n'est plus qu'une vague tache blanche, qui semble s'éloigner, toujours plus vite, dans un tunnel qui s'étire vers l'infini. Jo pousse un grognement étouffé et se lève en titubant. Il ôte sa ceinture et, la tenant à la main, il se dirige vers la salle de bain. Sans allumer la lumière, il inspecte du regard la barre d'exercice, fixée entre les murs, au-dessus de la baignoire. Il en est satisfait. Il se retourne et referme la porte, tourne le loquet puis se ravise et débloque la serrure. Il se tient quelques instants face au miroir qui surplombe le lavabo. En dépit de la lueur de la lune qui pénètre dans la pièce, le miroir est aussi obscur que son avenir. « Je ne suis déjà plus là, » murmure-t-il pour lui-même. Il enjambe alors le rebord de la baignoire et fixe méticuleusement la ceinture à la barre.

Plus tard dans la nuit, Hélène le découvre en allant aux toilettes. Ses hurlements réveillent tout le bloc. Dans l'agitation qui envahit l'appartement F, nul ne s'inquiète de la lettre, qui continuera de trôner longtemps sur le buffet.

Famille Bosco, N° 256-H

Le petit matin éclaire les visages fatigués de Fernando et Aline Bosco, penchés en silence sur leur déjeuner. Quelle nuit ! D'abord les hurlements d'Hélène Bricoult qui percent l'obscurité et le repos, réveillant tout le monde en sursaut, aidés en cela par les capacités fort limitées en matière d'isolation sonore des cloisons de l'immeuble. Et puis les pompiers, les ambulances, la police, toute une agitation macabre à la lueur des gyrophares tournoyants. Enfin le départ des intrus emmenant Hélène, incapable de se remettre. Quand les médecins ont décidé d'hospitaliser une Hélène catatonique, Aline s'est immédiatement proposée pour garder Adèle, la petite d'Hélène. Pour le moment Adèle est couchée, tout comme David et Éric, dormant avec cette merveilleuse capacité qu'ont les enfants de s'abandonner sans difficulté au sommeil, même au milieu des pires tragédies.

Fernando et Aline, eux, n'ont même pas eu l'idée de se recoucher. Aline a installé Adèle dans la chambre des garçons, sur un matelas gonflable. Une fois la petite calmée puis rendormie, Aline est allée préparer du café. Le jour est sur le point de se lever et les bruits matinaux de la ville qui s'éveille filtrent peu à peu par la fenêtre entrouverte de la cuisine. L'air frais du dehors qui rafraîchit la pièce permet à Aline de retrouver, petit à petit, un esprit plus clair. Fernando, lui, semble écrasé par les événements. Assis, immobile, il ne dit plus rien depuis qu'il a donné son accord à la prise en charge d'Adèle. Aline remplit un bol de café et le pose devant lui. Sans même le regarder, il se saisit du bol à deux mains et murmure : « Quelle folie ! » Puis il soulève le bol et boit une longue gorgée du café noir et amer.

Aline s'assoit en face de lui, un bol dans les mains elle aussi. Elle boit, pose le bol et tend les mains vers son mari. Ce dernier les saisit, plonge ses yeux dans les siens et ils échangent un sourire. Ils sont ensemble. Ils s'aiment, toujours. Ce qui vient de se produire est certes un malheur, mais ils trouvent tous deux réconfort dans les sentiments qu'ils partagent, inaltérés par les années passées. Un soutien sans faille, sur lequel ils savent pouvoir compter, sans même y penser, sans avoir à le demander. Aline, plus attentive aux détails du quotidien comme la plupart des femmes, y trouve même plus de réconfort que Fernando. Elle sait, par des observations éparses, que cet échange, ce soutien qui règne, rassurant, entre Fernando et elle, les époux Bricoult n'en disposaient plus. Elle a remarqué comme Hélène est devenue triste, comment Jo s'est renfermé sur lui-même, depuis le départ de Stéphane. Elle a senti aussi, ces dernières semaines, que le poids de douleur qui écrasait ces deux-là avait encore augmenté. Elle a vu, à deux reprises récemment, Jo sortir tard de « Au temps qui passe », ce qui n'était assurément pas dans ses habitudes. Sans aller jusqu'à prévoir le drame de la nuit, elle avait compris que le mariage, que la vie de ses voisins allaient à vau-l'eau. Elle soupire et serre plus fort les mains de Fernando.

Dans la rue, le crissement du rideau de fer de l'épicerie Guigot se fait entendre. Tous les matins, et aujourd'hui ne fait pas exception, Charles Guigot est toujours le premier à ouvrir sa boutique. Dès 6 h 30 il lève son rideau, commence à sortir ses présentoirs à fruits et légumes. Un quart d'heure plus tard, c'est la livraison quotidienne du lait, plus silencieuse maintenant que par le passé. Autrefois, avant que le lait n'élise domicile dans des boîtes en carton, ce n'était pas le rideau de fer qui réveillait les habitants de la rue. Certes, le rideau grinçait moins du temps de sa jeunesse. Mais c'est surtout que le camion de livraison de lait faisait s'entrechoquer, au rythme irrégulier des vibrations de son diesel poussif, les empilements de caisses de bouteilles en verre, qui tintaient sans discontinuer, cristallines, pendant la dizaine de minutes que durait la livraison. Aline sourit en repensant au charme désuet de cette nuisance disparue.

Fernando a fini son bol de café et se dirige vers la salle bain. Elle le laisse aller, empile les bols dans l'évier et vaque à un rapide ménage de la pièce. C'est qu'il ne faut pas déranger Fernando quand il se rase ! C'est le seul moment où il exige un calme parfait, une ombrageuse solitude, respectée sans exception. Fernando a le poil dur, noir, à la pousse rapide. Et il exècre par-dessus tout les rasages incomplets, imparfaits. Son rituel matinal dure d'autant plus qu'il ne jure que par le rasage à l'ancienne : blaireau, savon et coupe-chou. L'usage de ce dangereux dernier ustensile requérant concentration et précision, Fernando ne tolère aucune intrusion quand il affronte son tranchant acéré.

Enfin, Fernando a fini de se raser. Il termine de s'habiller dans la salle de bain et vient retrouver sa femme dans la cuisine. Il sent bon et l'odeur fraîche, un peu épicée, de sa lotion après-rasage fait partie des menus plaisirs matinaux d'Aline. Mais l'heure a tourné, et tant qu'à être debout et prêt, Fernando part travailler. Il sera un peu en avance ce matin, mais comme il se doute que la nouvelle du suicide de Jo Bricoult aura atteint avant lui le chantier où il travaille, il se prépare en quelque sorte à jouer les vedettes, venant quasiment des lieux du drame. Ce n'est pas qu'il aime la notoriété, mais aujourd'hui, la gravité des nouvelles primera, et il sait bien qu'il n'échappera pas à son futile quart d'heure de gloire en tant « qu'au courant ».

Il sort de l'appartement, sa boîte à lunch en bandoulière sur l'épaule, après un dernier baiser à sa femme, accompagné d'un « on reparle de la petite ce soir. » Aline reste seule, faisant disparaître les dernières traces du déjeuner en quelques minutes. Quand la cuisine est à nouveau étincelante, elle va rapidement vérifier que les enfants dorment toujours, puis descend dans l'entrée de l'immeuble, espérant y trouver un de ses voisins pour échanger des impressions sur cette terrible nuit et tenter, par la banalité des conversations, d'effacer l'horreur des événements. Aussitôt arrivée dans le hall de l'immeuble, elle est comblée. Réunis en grand conciliabule, il y a là Marjorie Deschênes, le **M**aire, Julien Lambert et Irène Montant, pour ne citer que les habitants de l'immeuble, auxquels se sont joints Henri Duverger et Antoine Robert, et même Basilique Gagnon. Tout ce beau monde glose à n'en plus finir sur les événements de la nuit, tentant de les rendre moins terribles en les noyant de lieux-communs rassurants. Pour le moment, c'est Basilique Gagnon, usant de toute son autorité, qui a pris la parole.

— Ce que je dis, c'est que le plus important, c'est s'occuper de la petite, lance-t-elle.

— Mais les Bosco vont s'en occuper, non ? rétorque Marjorie Deschênes

— Bien sûr qu'on va s'en occuper ! lance Aline, en entrant dans le hall. Aussi longtemps qu'il le faudra, tant que sa mère ne sera pas revenue, en tout cas.

Le cercle s'élargit pour lui faire place, et Basilique Gagnon accueille Aline par un satisfecit chaleureux, louant la mise en place d'un foyer de substitution pour la pauvre Adèle, si rapidement, si naturellement proposé et mis en œuvre.

— Au moins, la pauvre enfant doit se sentir en sécurité. Elle dort toujours ?

— Oui, elle dort. Dans la chambre des garçons.

— Ah…

Les convictions morales de Basilique Gagnon évaluent rapidement les risques évoqués par cette simple phrase. Éric est encore jeune, il ne pose pas de problème. Mais David, David…

— Vous… vous n'avez pas de pièce libre, n'est-ce pas ? demande la vieille dame, l'air soudainement préoccupée.

— Nous, vous le savez bien : si on en avait une, c'est sûr que les garçons auraient chacun leur chambre.

— Ah…

Le silence retombe tandis que chacun essaye d'évaluer la situation. Tous ont compris les préoccupations de madame

Gagnon. David, évidemment. C'est vrai qu'il a le diable au corps, celui-là. Il aurait eu une sœur, les choses seraient peut-être différentes. Il se serait habitué aux filles. Il aurait appris à se comporter en jeune garçon un peu plus civilisé, et non en barbare, en prédateur, découvrant avec gourmandise, comme c'est le cas depuis quelques mois, l'existence, les différences et les fragilités de l'autre sexe. Onze ans, ce n'est peut-être pas encore l'âge dangereux, mais à coup sûr, c'est l'âge fatigant !

— Et Hélène, demande soudain Antoine Robert. Quelqu'un a de ses nouvelles ? Comment va-t-elle ?
Un silence épais comme de la mélasse accueille cette question, et tient lieu de réponse. Tous ont vu Hélène, brisée et détruite, emmenée ligotée sur la civière. Elle geignait et balbutiait des mots sans signification, ayant apparemment perdu l'esprit. Chacun se prend à souhaiter que cela soit temporaire, sans vraiment y croire. Ils savent tous, plus ou moins, que le climat dans la famille Bricoult n'était franchement pas au beau fixe. Que Jo était à bout. Qu'Hélène était elle aussi sur le point de craquer. Se remettra-t-elle d'un choc si rude ? Ils en doutent, en silence mais à l'unisson. C'est Basilique Gagnon qui relance à nouveau les débats. Semblant prendre pour acquit que la situation va se prolonger, elle interpelle le cercle des présents.

— Bon, faudrait se décider vite. Vous savez qu'Adèle ne peut pas rester indéfiniment à dormir dans la chambre de deux garçons. Surtout avec David – je dis ça à cause de son âge, Aline, ne le prend pas mal. On sait tous qu'à cet âge-là, les garçons, faut les surveiller comme le lait sur le feu.

— Mais je le surveille, rétorque Aline, qui se rebiffe sous les insinuations de madame Gagnon.

— Je sais, je sais. Mais tu ne peux pas être partout, hein ? Alors bon, qu'est-ce qu'on peut faire ?

— Ben on peut la placer. L'assistance publique, quoi, lance le **M**aire, qui s'étonne alors de voir tout le monde le foudroyer du regard.

Il fixe sans comprendre tous ces yeux qui le réduiraient en cendres s'ils étaient des lance-flammes, jusqu'à ce qu'Henri Duverger lui indique discrètement du menton Basilique Gagnon, avant d'articuler en silence un « Quand même ! » réprobateur. Le **M**aire comprend alors sa gaffe : parler de placement en présence de Basilique Gagnon, ce n'est peut-être pas du meilleur goût, en effet. Il baisse les yeux et fixe ses chaussures, une légère rougeur envahissant ses joues.

La première à réagir, justement, c'est encore Basilique Gagnon. Elle sait les risques encourus en laissant les services sociaux s'occuper d'une famille. Certes, il s'agit le plus souvent de la moins mauvaise solution, quand plus rien d'autre ne peut être fait. Pour autant, de toute sa carrière d'enseignante, jamais, au grand jamais, elle n'a vu une seule maison tombée dans leurs bienveillantes griffes abriter à nouveau par la suite une famille « normale ». Comme si l'intervention de ces gens pleins de bonne volonté était accompagnée d'une sorte de malédiction. Une solution sans services sociaux, avant que ces derniers ne se mêlent de l'affaire, c'est ça qu'il faut mettre au point. Tous les résidents de la rue écoutent Basilique en silence, les yeux baissés. La plupart se demandent si la vieille dame, quand elle parle des griffes secourables et impitoyables des services sociaux, sait que le silence et le malaise de ceux qui l'écoutent viennent autant de sa situation que de celle d'Adèle Bricoult. Pour autant, ils ne peuvent s'empêcher d'être d'accord avec elle : eux aussi ont constaté les dégâts, sinon causés, du moins pas évités, par l'irruption de ces spécialistes de la misère humaine, aussi plein de bonne volonté soient-ils. Henri Duverger tente alors une diversion pour tirer le **M**aire d'embarras.

— Heureusement que ce n'est pas encore la rentrée scolaire ! Au moins, cette pauvre enfant n'aura pas à subir les questions et les moqueries de ses camarades.

À cet âge là, ils sont parfois tellement durs entre eux…

Mais la tentative n'est pas idéale pour remonter le moral de la troupe, car tous et toutes se mettent alors à penser à tout ce qui va de pair avec les rentrées scolaires : l'achat des fournitures, la mère de famille tentant de concilier le budget et le plaisir des enfants, ou encore les réunions d'informations parents/professeurs. Toutes ces activités liées au retour à l'école et qui ne se conçoivent qu'en famille, mère et enfant le plus souvent. Un silence morose reprend sa place dans le hall.

Qu'importe, la vieille dame est énergique, elle prend la tête de ce nouveau combat.

— On est tous là à se regarder comme des poules qui ont trouvé un carton de couteaux, ce n'est pas ça qui va faire avancer les choses. Visiblement, aucun d'entre vous n'a d'idée brillante. Non ? Moi non plus, remarquez. Mais on n'a pas besoin d'être brillant, de toute façon. Juste de trouver quelque chose.

Elle reste un moment silencieuse en se tenant le menton dans la main, le caressant d'un aller retour songeur du poignet.

— Bon, après tout, on n'est pas les seuls de la rue, hein ? Si on s'y met tous ensemble, c'est bien le diable si on n'arrive pas à trouver une solution. Voilà ce qu'on va faire : je vais aller prévenir tout le monde qu'on se retrouve tous ensemble… disons à midi. Non, avec les repas, ce n'est pas idéal. Plutôt à quatre heures. Et on cherchera tous jusqu'à ce qu'on trouve quelque chose.

— On se retrouve où ? demande Antoine Robert. Si tout le monde vient, on va être à l'étroit, ici.

— C'est vrai, rétorque Basilique Gagnon. Mais on ne se réunira pas ici. Rendez-vous à quatre heures au 152.

— Chez vous ?

— Oui, chez nous. Il y a de la place en masse, et avec les arbustes, c'est discret.

Pensant à la jungle qui isole les restes du 152 de la rue, Antoine hoche la tête. Ça ira bien. La décision ainsi imposée par Basilique Gagnon les satisfait tous, et le groupe se disperse lentement. D'ici quatre heures, tout le monde sera prévenu et aura eu le temps de réfléchir. Impossible qu'à eux tous, ils ne trouvent pas quelque chose.

Moïse Blumstein, N° 228

Quand Basilique Gagnon entre chez Moïse Blumstein, il est en train de recopier le texte confus que lui a soumis Antoine Robert en tentant d'en faire une lettre de motivation à peu près digne de ce nom. Et ce n'est pas une mince affaire, car si Moïse est parfaitement capable d'envolées lyriques dignes d'un dramaturge, il est cependant un écrivain public d'un grand professionnalisme. Il sait que son rôle est d'abord et avant tout d'aplanir les seuls écueils techniques du langage, tels que l'orthographe, la grammaire ou la formulation des idées, pour les exprimer dans une langue compréhensible. En aucun cas d'inventer ou même simplement de modifier le sens de ce que ses clients veulent ou sont capables de dire. C'est bien là ce qui rend si difficile sa tâche du moment : Antoine ne sait pas dire grand chose d'intéressant à un employeur potentiel. Ses idées et ses qualités sont à l'aune de ses compétences professionnelles : fort limitées. Alors Moïse soupire, sue, souffre. Tente d'extraire quelques phrases simples, compatibles avec le niveau intellectuel de son client, des feuillets couverts de pattes de mouche qu'Antoine lui a remis avec révérence, comme s'il s'agissait du manuscrit original d'un futur *best-seller*. Des phrases simples mais néanmoins séduisantes. Bon, le mot est un peu fort.

Attirantes ? Ah, s'il parvenait au moins à ne pas les rendre repoussantes…

C'est à ce moment que Basilique Gagnon pénètre dans son antre. L'interruption est la bienvenue pour Moïse et quand il la voit, c'est avec un grand sourire qu'il l'accueille.

— Shalom, Matame Kagnon

— Bonjour, Moïse. Tu es au courant pour cette nuit, bien sûr ?

Ce n'est pas une question. Il aurait fallu être dans le coma pour ne pas se retrouver dans la rue, avec le vacarme qui y a régné pendant deux bonnes heures. Moïse secoue la tête, lèvres serrées en une moue désapprobatrice.

— Oïch, Oïch, che suis au courant. Quel malheur !

— Oui, quel malheur, concède Basilique Gagnon. Mais les malheurs ne sont pas finis si nous ne faisons pas quelque chose très vite.

— Quelque chosse ? Mais pourquoi, qu'est-ce qu'il faut faire ? demande Moïse avec incompréhension.

— Mais la petite, tiens ! Hélène Bricoult est hospitalisée, et je ne voudrais pas jouer les oiseaux de mauvais augure, mais j'ai bien peur que ce ne soit pour longtemps.

— Oïch, che fois. Qui s'en occupe ? Che feux tire, en ce moment ?

— Les Bosco. Mais ça ne peut pas durer, ils n'ont qu'un trois-pièces, et avec leurs deux garçons…

Moïse plisse les yeux en hochant la tête. Il saisit bien la portée du problème.

— Dafid ?

— Oui, David. Et ça, ce n'est qu'un des aspects du problème. Il y a aussi les services sociaux.

— Oïch…

Là encore, Moïse a bien compris. Éviter que la petite ne soit engloutie par les tentacules de l'administration, emportée de foyers en familles d'accueil, c'est l'évidence même. Il est bien placé pour savoir que l'adage « pour vivre heureux, vivons cachés » s'applique pleinement aux administrations, quelles qu'elles soient. Son peuple a failli disparaître pour avoir été trop bien connu de ces dernières : recensement, fisc, police. Oui, il faut faire quelque chose. Mais…

— Je n'ai pas trouvé de solution pour l'instant, admet alors Basilique Gagnon, éteignant la lueur d'espoir qui s'était allumée dans l'œil de Moïse. Mais si toute la rue s'y met, on va forcément trouver quelque chose, hein ! Alors rendez-vous au 152 à quatre heures, cet après-midi. On va trouver quelque chose. Il le faut.

— Ententu. Fous poufez compter sur moi. Che fientrai.

Basilique Gagnon accueille cette réponse avec un hochement de tête, avant de faire demi-tour et de sortir reprendre sa mission d'information. Arrivée sur le trottoir, elle marque une longue pause, grimaçante.

Resté seul, Moïse ne reprend pas sa copie. Les yeux dans le vague, il essaye de faire le tour de la situation, décomposant les problèmes en éléments simples, ainsi qu'il l'a toujours fait. D'une certaine manière, toute sa vie est menée selon ce principe. Quand il prépare un repas, écrit pour l'un de ses clients ou se confectionne un manteau. C'est une habitude conservée de l'époque où son père espérait le voir prendre sa suite, dans la tradition familiale de la confection. Tailleur, il ne l'est pas, mais s'il a appris quelque chose de son père, c'est que pour réaliser une tâche complexe, qui paraît trop ardue, il n'y a rien de tel que de la découper en petites choses simples et faciles. Que ce soit pour tailler un vêtement ou trouver une solution face à l'hydre administrative.

Ici, analyse-t-il, on a au moins deux problèmes distincts : le logement et les services sociaux. Il n'a pas le moindre doute que le premier trouvera aisément sa solution. Si les Bosco sont à l'étroit, ce n'est pas le cas de tout le monde dans la rue. Et la foi de Moïse en l'humanité de ses voisins le rassure : il y en aura, des solutions pour loger Adèle, dans une maison où elle trouvera le couvert et l'affection dont elle va avoir grand besoin. Le second problème est d'une toute autre nature.

Du fait de sa profession d'écrivain public, Moïse Blumstein est au fait de bien des lois, bien des règlements et autres décrets administratifs. Souvent il ajoute à son labeur le rôle de recherchiste, devant découvrir quel service est susceptible de réclamer quel papier à son client. L'assurance maladie ou emploi, l'assistance sociale, le fisc sont les Molochs qu'il affronte le plus fréquemment, car ce sont principalement contre eux que ses clients tentent de survivre, en lui confiant la rédaction de leurs lettres. Il n'est pas religieux, mais il pense parfois avec un sourire amusé qu'il est une sorte de prêtre, de chaman, que ses clients viennent consulter et maigrement payer afin qu'il intercède pour eux face au grand dieu Administration. Ou plutôt, grand démon.

Aujourd'hui, le démon s'appelle « Assistance sociale». Il le connaît bien, celui-là. Pas souvent brutal, mais tenace, tenace ! La première urgence va être de trouver un aidant qui, à défaut d'être naturel, sera convaincant. Et surtout acceptable par l'assistance sociale. Idéalement, un membre de la famille. Mais Hélène, s'il s'en souvient bien, est orpheline. Quant à Jo, tout ce que Moïse sait de lui se résume à bien peu de choses : sa famille était originaire d'ailleurs. De quelle région ? Pas la moindre idée, et il doute que d'autres soient mieux renseignés que lui dans la rue. On oublie la famille. Reste à dénicher la perle rare, et ça c'est moins facile. Il est pris dans ce cul-de-sac au moment où Siméon Toulier entre.

Surpris, Moïse accueille son visiteur par un « Siméon, qu'est-ce qui t'amène ? » Moïse sait que Siméon ne fait pas partie de ses voisins ayant besoin de ses services d'écrivain. Quant à demander un renseignement, Siméon est généralement trop fier, trop sûr de lui pour admettre que quelqu'un de la rue puisse connaître quelque chose qu'il ignore. Siméon n'a pas l'air d'être dans son état normal, mais avec la nuit que l'on vient de vivre, qui le serait ? se dit Moïse. Siméon se dandine d'un pied sur l'autre, regarde les murs, l'un après l'autre, avant d'annoncer, d'une voix enrouée à peine audible :

— Je suis venu te voir…

— Qu'est-ce que tu tis ? Parle plus fort, Siméon, mes oreilles ne sont plus ce qu'elles étaient.

Siméon se racle la gorge et reprend, un cran plus haut :

— Je suis venu te parler de…

— te ?

— Ben, tu sais, la situation, le placement.

— Le placement ? demande un Moïse éberlué qui comprend de moins en moins.

Siméon veut lui parler de placements bancaires ? Et qu'est-ce qu'il y connaît, lui, à la banque ? Ce n'est pas parce qu'on est juif que le métier de banquier est inscrit dans les gênes, tout de même !

— Madame Gagnon… ajoute Siméon

— Ah ! Ce placement-là ! Tu aurais pu être plus clair, lance Moïse en souriant, alors qu'il pense avoir compris. Ne t'inquiète pas, ch'ai commencé à y réfléchir.

— Vraiment ? s'étonne Siméon, tout heureux de trouver quelqu'un qui abonde dans son sens.

— Oui. Ch'étais même en train t'y penser quand tu es entré. Che crois que l'itée est ponne, et que si on s'y met tous ensemble, on fa y arrifer.

— C'est exactement ce que je me tue à dire à tout le monde, exulte Siméon. Ah, merci Moïse. Merci ! Je savais qu'on pouvait compter sur toi pour les choses difficiles.

— Mais c'est tout naturel, répond modestement l'interpellé. C'est à ça que ça sert, les foissins. Si tu feux, passe ici un peu afant quatre heures. On ira ensemble.

— Ensemble ? Mais où ça ? s'étonne Siméon.

— Mais au 152. Régler le proplème.

— Régler… Cet après-midi ?

— Bien sûr. Il ne faut pas laisser traîner les chosses. Le plus fite on règle ce chenre de soucis, le mieux tout le monte se porte.

— Euh, oui, oui. Tu as raison, c'est certain. Bon, hé bien je dois aller en ville pour quelques courses, je me sauve. À tout à l'heure, alors.

C'est un Siméon positivement ravi qui sort de chez Moïse. Son rêve prend forme, issu des brumes macabres de cette nuit agitée. Qui l'aurait cru ?

Irène Montant, N° 256-A

Irène est en grande conversation avec Rosie, dans la boutique de cette dernière. Elles passent et repassent tous les détails de la nuit en revue, se délectant des plus sordides. Comme tant de gens, elles aiment les potins des grands et des petits de ce monde. Comme beaucoup, elles ont une préférence marquée pour le dramatique. « La princesse X, trompée, demande le divorce, » ça a quand même plus d'allure, plus de puissance et de force que : « Mariage princier au château de X… Le cortège équestre fait l'admiration du Gotha. » Pour elles comme pour tant de lecteurs, l'odeur du sang et de la mort semble le nec plus ultra en matière de fait divers. Aujourd'hui, tous les ingrédients ou presque sont réunis. La mort, la folie, les interventions policières et médicales dignes d'un film d'action. Et si les victimes ne sont ni rois ni princes, ce sont des voisins proches, au moins géographiquement, ce qui est cent fois mieux.

Rosie répète pour la troisième fois : « Quand je pense que je le croisais tous les jours, » avec dans les yeux un effroi qui pourrait faire penser qu'elle parle d'un tueur en série et de la menace inconnue qui aurait pesé sur sa propre vie. Irène, une grande femme pâle et mince, aux cheveux si blonds qu'ils en paraissent presque blancs, répète à l'envi qu'elle savait qu'un drame allait surgir. C'était évident. Mais ça… Comme ça… Irène a souvent le regard un peu perdu dans un ailleurs connu d'elle seule, et aujourd'hui encore plus que de coutume. Rosie reste muette un instant, la tête penchée sur le côté. Elle serre ses grosses lèvres maquillées d'un rose vif aussi discret que des feux de détresse, tandis que ses yeux se ferment, comme si elle entendait un son quasi-imperceptible. Quand Rosie adopte cette attitude, les mauvaises langues laissent entendre que c'est le son de son esprit qu'elle tente ainsi de percevoir.

Cette fois, Rosie a dû entendre quelque chose, car elle demande à Irène :

— Tu le savais ?

— Je viens de te le dire.

— Mais… Tu le savais-savais ou… tu t'en doutais ?

— Je le savais. Il n'y pas de place pour le doute dans mon art. Ou je sais, ou je ne sais pas. Mais je n'invente rien. Je n'ai pas « d'intuition », de « pressentiment », si c'est ça que tu veux dire.

— Ah… Et tu savais comment ?

— Ça, c'est complexe. Et puis, je ne peux pas tout te dire. Mais je peux t'assurer que dans mes calculs quotidiens, les ondes néfastes étaient tous les jours plus fortes. Et que j'avais prévu un maximum pour aujourd'hui.

— Ha ! Tu t'es trompée, alors, lance Rosie, espiègle.

— Mais pas du tout ! C'est bien cette nuit que le… Enfin, que ça a eu lieu.

— Ben oui ! Cette nuit, pas aujourd'hui ! Tu vois ?

— Rosie, il était passé minuit. C'était aujourd'hui.

— Passé minuit c'est aujourd'hui ?

— Oui.

— Ah… Je croyais que c'était encore hier. Tu vois, tant que tu ne t'es pas levée.

— Qu'importe ! En tout cas, je le savais.

— Mais alors pourquoi t'as rien fait ?

— Comment ça ?

— Ben il me semble que si tu savais qu'un drame allait arriver, t'aurais dû tout faire pour l'empêcher, non ?

— Ma pauvre Rosie, on voit bien que tu ne sais pas comment fonctionnent le monde et les astres. Ce n'est pas si simple, hélas.

— Ah non ? Mais pourquoi ?

— J'ai bien peur que ce ne soit trop compliqué à expliquer à quelqu'un comme toi. Voyant les sourcils de Rosie se froncer, Irène ajoute précipitamment « qui ne connaît pas cet art. » Mais sache que la pire chose à faire est d'essayer de changer le futur, sous prétexte qu'on l'a en partie dévoilé.

— Pourquoi ? Ça ne marche pas ?

— Si, d'une certaine façon on peut dire que ça marche. Irène réfléchit un moment puis explique : tu vois, Rosie, les astres sont beaucoup plus puissants que nous, évidemment. Alors quand ils ont, par leurs trajectoires et leurs positions, décidé de quelque chose qui touche des humains, la pire des choses à faire est de tenter de s'y opposer. Parce ce que ce serait comme tenter de bloquer le passage d'un ruisseau avec une mince plaque de bois, sous prétexte que le ruisseau fait de la boue qui salit chez vous. Si tu bloques le ruisseau, l'eau va monter, monter, et d'une manière ou d'une autre, emporter ou briser ta plaque de bois. Et à ce moment-là, au lieu d'un peu de boue sur tes tapis, c'est la maison entière qui risque d'être emportée par la vague. Tu comprends ?

Les sourcils froncés, Rosie fait visiblement un gros effort pour assimiler l'image qu'Irène lui propose. Mais elle finit par pousser un soupir et dit avec un air d'excuse :

— Ben… Je vois pas bien ce que le ruisseau vient faire avec la pendaison de Jo.

À son tour, Irène pousse un soupir. Elle se résigne et lance :

— Laisse faire, Rosie. On ne peut pas changer l'avenir, c'est tout.

— Ah… C'est dommage.

— Non, c'est… Bah, si tu veux. C'est dommage.

Le silence retombe sur les deux amies. Rosie le rompt la première.

— Tu pourrais pas tirer les cartes, là, pour savoir ce qui va se passer maintenant ?

— Tu t'imagines que ce n'est pas déjà fait ?

— Ah ! Et alors ? Qu'est-ce que tu as lu ?

— Ce n'est pas simple, ça je peux te l'assurer. Il y a des influences multiples, croisées, du bon et du mauvais. C'est un combat incertain.

— Un combat ! Mais qui va se battre ? Contre qui ? Ici ? Dans la rue ?

— Hé, calme-toi, Rosie ! Quand je parle de combat, c'est au sens figuré. Le combat entre les forces du bien et celles du mal. Celui qui a lieu en permanence, ici comme ailleurs.

À nouveau, Rosie a l'air perdue. Elle hoche la tête à chacun des mots d'Irène, mais ses yeux n'arrivent pas à se fixer. Elle tente en vain de comprendre tout ce que dit Irène, mais doit bien souvent s'avouer vaincue. Il faut dire que ces histoires de planètes et d'étoiles, et tous les calculs qui vont avec… Elle qui a décroché entre la multiplication de nombres à deux chiffres et la division avec reste, c'est trop lui demander que d'imaginer calculs d'orbites et positions de planètes. Elle fait pourtant une dernière tentative :

— C'est pas simple, d'accord, mais c'est bon ou mauvais ?

— Bah… Ce n'est pas simple de…

— Tu l'as déjà dit, Irène ! Allez, tu peux bien me dire si c'est bon ou mauvais, non ? Juste comme ça, pas plus précis que ça, hein ?

Irène se mordille les lèvres, regarde le plafond avec un air légèrement excédé. Comment faire comprendre à Rosie qu'il s'agit de probabilités, d'influences ? Et aussi de personnes : ce qui est bon pour l'un peut être mauvais pour son voisin. Mais à Rosie, il faut une réponse simple, binaire. Elle repense à ses cartes, et au trouble qui l'a saisie à leur lecture. Plus ou moins consciemment, elle récapitule à voix basse ce qu'elle a découvert.

— Il y a l'enfant, évidemment. Et la mort bien sûr, en quinte.

— En… quinte ?

— Oui. Et la mère, avec le mur qui la recouvre. Et puis il y avait la sorcière, avec le 4 en opposition, ce qui est bénéfique.

— Une sorcière bénéfique ? Ça se peut ?

— Bien sûr ! Tu sais, Rosie, les cartes parlent toujours de manière imagée. C'est leur association qui permet de savoir quel sens donner à l'image. La sorcière, ce peut être n'importe quelle femme. Enfin, non. Pas n'importe laquelle. Une femme qui a la connaissance.

— Comme madame Gagnon ?

— Par exemple. Et ne crois pas non plus que la sorcière est forcément vieille. La connaissance et l'expérience, c'est deux choses différentes.

— Ah bon. Alors… Une sorcière va… faire du bien à la petite, c'est ça ?

— Peut-être.

— Bon. Ben c'est mieux que rien, hein ? Pis si ça peut aider, tout à l'heure, quand on se réunira…

— Ça, je ne sais pas. On verra bien, répond Irène, sans se mouiller.

Rosie reste songeuse en essayant d'imaginer la sorcière. Dans son esprit, elle prend les traits caractéristiques, issus des films de Disney, de la méchante reine déguisée, sa célèbre pomme empoisonnée à la main. Comment pareil personnage pourrait-il bien débarquer dans leur rue pour y faire le bien d'Adèle ? Si elle a bien compris ce que disait Irène, ce qu'elle espère…

Irène, de son côté, est également en train de se demander si elle a bien compris le message que les cartes lui ont fait passer. Et au plus profond d'elle-même, saisie par l'appréhension, elle espère que ce n'est pas le cas.

Julien Lambert, N° 256-G

En milieu d'après-midi, Julien est installé à son poste habituel, assis seul à sa table du café « Au temps qui passe ». Le journal posé devant lui étale ses offres d'emploi devant ses yeux désabusés. Il fait durer sa bière, buvant de brèves gorgées. Son absence de revenus n'est pas une raison pour qu'il se prive de ce genre de menu plaisir, qui l'aide à vivre à défaut d'autre chose. Mais sa situation financière impose de déguster le breuvage avec une lenteur et une componction qui conviendraient mieux à un grand cru millésimé qu'à une banale bière blonde premier prix.

Du bout de son crayon il entoure une annonce, se rendant compte au même instant qu'il n'y répondra pas. Les diplômes exigés dépassent de beaucoup ses trophées scolaires. D'ailleurs le mot « exigé » est souligné, pour bien marquer que l'expérience professionnelle dans un poste similaire, que Julien n'a de toute façon pas, ne serait pas suffisante pour que le candidat soit retenu. Il soupire et reprend une gorgée de sa bière. Une ombre lui masque un instant la lumière du néon, et Siméon s'assoit en face de lui, en demandant sans attendre la réponse : « Je peux ? »

Julien maugrée une réponse indistincte, se demandant ce que Siméon peut bien lui vouloir. Le dos collé au dossier de sa chaise, Siméon observe Julien quelques instants, comme s'il était en train de procéder à une ultime évaluation avant de se décider. Puis il pose les coudes sur la table, masquant en partie de ses mains les offres d'emploi, et il prend la parole.

— Écoute, Julien, j'ai réfléchi depuis hier, et j'ai trouvé dommage que tu aies l'air d'en avoir après moi.

— Peuh…

— Non, ne répond rien, écoute-moi d'abord. Je ne sais pas ce que tu as contre moi, mais moi je te trouve sympathique.

— Tu m'en vois ravi, répond Julien d'un ton qui signifie le contraire.

Siméon ne relève pas et poursuit.

— Et je me dis qu'un gars comme toi aurait besoin d'un coup de pouce quand il est mal pris.

Julien dresse l'oreille et demande d'un ton soupçonneux :

— Qu'est-ce que tu entends par « un coup de pouce » ?

— Eh bien, l'entraide, les services qu'on peut se rendre entre amis.

— Quel genre de service ?

— Tu as perdu ton emploi, non ? Tu en cherches un ?

— Et alors ?

— Alors je me suis dit que je pourrais peut-être t'aider.

— À trouver un emploi ?

— En quelque sorte.

— Chez qui ?

— Pas chez quelqu'un. Chez moi.

— Chez toi ? T'es patron, toi ? C'est nouveau ? Me dis pas que tu cherches une femme de ménage et que tu as pensé à moi !

— Oh, ne sois pas sarcastique. Je te parle d'un emploi, un vrai. Il n'existe pas encore, mais ça ne saurait tarder. Et tu peux m'aider à le faire devenir réalité, cet emploi. Ton emploi.

— Attend, là, tu me perds. De quoi tu parles, au juste ? Un emploi qui n'existe pas mais presque ? Que je peux t'aider à créer ? C'est quoi, ces salades ?

— C'est pas des salades, je te l'assure. J'ai… J'ai un projet. Un projet professionnel. Des investisseurs intéressés.

— Un projet de quoi ?

— De garage automobile.

— De garage ? Toi ? Tu y connais quelque chose en mécanique ?

— Non. Mais toi oui, j'imagine.

— Euh, oui, évidemment. Tu n'es pas livreur pendant si longtemps sans connaître un minimum la mécanique.

Mais si tu t'imagines que c'est suffisant pour faire tourner un garage, je peux te dire que tu rêves !

— Oh ne t'inquiète pas, je n'attends pas après toi pour la mécanique. En fait, l'investisseur est prêt à me fournir les ouvriers nécessaires. C'est juste que je me disais que tu pourrais peut-être rendre service, faire quelques heures. En attendant de récupérer ton permis, ça te dépannerait…

— Ouais… C'est qui, ton investisseur ?

— Oh, un gars que tu ne connais pas, qui a des intérêts dans tout un tas de garages de la région. Il préfère mettre son argent là-dedans plutôt qu'à la Bourse. Et vu son état actuel, à la Bourse, ça paraît être une plutôt bonne idée.

— Et pourquoi il ne rachète pas un garage existant, ton investisseur ?

— L'emplacement.

— L'emplacement ?

— Et oui, c'est aussi bête que ça. Cherche bien et tu verras que de ce côté-ci de la ville, il n'y a pas un garage qui fait des réparations. Seulement deux stations-service qui vendent du carburant et du liquide lave-glace.

— Et il sera construit où, ton garage ?

— Chez moi.

— Chez toi ? Tu vas raser ta maison pour construire un garage ?

— Non, bien sûr que non. Chez moi il y aura seulement les bureaux. Juste un peu d'aménagement. Il restera encore largement assez de place pour habiter. Après tout je suis seul, je n'ai pas besoin de cinquante pièces.

— Et le garage, alors ? Les ateliers, les fosses ? Ça sera où ? Ah oui, bien sûr. Au 185, c'est ça ? Tu vas enfin te décider à faire quelque chose de ce terrain ? C'est vrai que t'avais fait tout un cirque pour l'acheter, l'an passé, et depuis on se demandait tous pourquoi t'étais si pressé de regarder pousser ta mauvaise herbe…

— Tu n'y es pas. Le 185 va servir, mais juste comme stationnement. Je vais me contenter de le faire asphalter, en fait.

— Ben alors… Il va être où, ton « garage ? » répond Julien, qui ne comprend plus. Ou plutôt qui craint de commencer à comprendre.

— Au 152.

Julien hoche la tête en silence. Puis il lance, avec un mauvais sourire :

— C'est toi qui as convaincu le **Maire** de se lancer dans sa croisade contre la rue piétonne, j'imagine.

— Lui ? Même pas. Je te le promets, je n'y suis pour rien. Mais je dois dire que ses arguments sont frappés au coin du bon sens. C'est vrai qu'une rue sans voiture, elle meurt. Et c'est vrai aussi que ça m'arrangerait que la rue des petits péchés ne devienne pas piétonne. Mais je te jure que je n'ai rien soufflé au **Maire**. Il s'est décidé tout seul. De toute façon, mon investisseur a le bras assez long, et je peux te garantir que ce n'est pas demain que notre rue sera piétonne.

Là-dessus, Siméon croise les bras et regarde Julien droit dans les yeux, sans rien ajouter d'autre. Il sait maintenant que Julien doit finir de se convaincre tout seul. Il lui a présenté la situation dans le détail, les tenants, les aboutissants. Il n'est pas nécessaire d'en dire plus, cela risquerait même d'être néfaste. Non, il vaut mieux ne pas exprimer clairement ce qu'il attend de Julien en échange du travail qu'il vient de faire miroiter devant ses yeux. Alors il se lève, un grand sourire aux lèvres, et tape sur l'épaule de Julien en lui disant : « Penses-y ! » avant de sortir du café, non sans avoir lancé à Marcel : « Mets donc la bière de Julien sur mon compte. »

Julien, seul à sa table, contemple son verre comme s'il s'agissait d'un serpent venimeux.

Amélie Rochart, N°239

Amélie Rochart, la couturière, est la seule personne de la rue à tutoyer Basilique Gagnon. Et depuis fort longtemps, car Amélie et Basilique ont été en classe ensemble, dès l'école primaire. La vie ne les a pas éloignées, ni par la géographie ni par les relations. Amélie et Basilique se sont toutes deux mariées, mais seule la première est devenue mère. Considérant que Fidèle, s'il est un bon garçon, n'est pourtant pas exactement la progéniture dont rêve une femme, Basilique n'a jamais regretté de ne pas avoir eu d'enfant.

Amélie tutoie Basilique parce qu'elles sont amies et confidentes, depuis toujours. Nul ne connaît d'ailleurs l'étendue exacte de leur intimité, car elles ne se parlent qu'en privé. Jamais dans la rue ou dans un commerce. Non que ce qu'elles échangent ne souffre la publicité. Simplement, elles se réservent jalousement cette relation, comme un fruit, à peine flétri, venu de leur jeunesse.

« Séquelles cérébrales significatives, risque de retard intellectuel important, causé par une anoxie néonatale prolongée. » Tel a été le verdict médical, peu après la naissance de Fidèle. Dit autrement, en termes compréhensibles par tous, Fidèle a mis, une fois sorti du ventre de sa mère, beaucoup de temps avant de se décider à respirer. Beaucoup trop de temps. Son corps a finalement accepté d'oublier le cordon ombilical tari et de faire avec l'air extérieur et les poumons. Mais son cerveau ne s'est pas remis de la longue période sans oxygène qu'il s'est vu imposer. Qu'importe, c'était son enfant, Amélie l'a pris et aimé tel qu'il était. On n'a, hélas, pas pu en dire autant du père, qui a commencé par fuir une semaine dans les bars, avant de disparaître pour de bon. La seule vengeance d'Amélie à son égard a été d'éradiquer son prénom des conversations, des papiers, des souvenirs. Quand il est, rarement, question de lui, il est « le père ». Ou « le père de Fidèle ». Rien de plus, rien de personnel. D'ailleurs il n'est plus une personne. Tout au plus le vague support d'une nécessité biologique oubliée. Il fallait « techniquement » un père pour que Fidèle existe. Il l'a donc été. Point final. Et ce n'est pas Basilique qui viendra se plaindre de ce fait : avant même qu'il ne disparaisse, elle ne pouvait déjà pas le supporter. S'évanouir dans la nature, Basilique pense sincèrement que c'était ce qu'il avait de mieux à faire. Elle l'a d'ailleurs dit et redit à Amélie, au tout début, alors que cette dernière ne s'était pas encore faite à l'idée d'élever seule son fils handicapé mental. Depuis, les choses ont évolué, bien sûr, et du père de Fidèle il n'est jamais plus question.

Aujourd'hui, c'est pourtant Basilique qui met l'individu sur le tapis, en demandant à Amélie :

— T'as jamais eu de nouvelles, du père de Fidèle ?

Amélie est étonnée par la question, d'autant que Basilique connaît la réponse aussi bien qu'elle, ce qu'elle lui fait savoir.

— Je sais, je sais, répond Basilique. C'est juste que… Enfin, je réfléchissais, pour la petite Bricoult.

— Et le rapport ?

— Je me disais – tu m'arrêtes si je me trompe – que tu es toujours mariée. Je veux dire, officiellement.

— Euh… oui. De toute façon, pour ce que j'en sais, se marier ou divorcer, c'est pareil, quelque part : faut être deux pour le faire. Alors j'aurais eu du mal à divorcer, puisque je n'ai jamais su où il avait disparu. Remarque, il y a aussi une autre possibilité : je suis peut-être veuve sans le savoir.

— Zut, je n'avais pas pensé à ça.

— Pensé à quoi ?

— Tu sais bien, pour Adèle Bricoult. Je cherche toujours une solution. Il faut qu'on en trouve une, rapidement. Alors je cherche.

— Et le rapport avec mon mariage ?

— Tu sais comme moi que les services sociaux préfèrent confier des enfants aux couples plutôt qu'aux femmes seules.

— Confier des… Hé, attends un peu, Basilique Gagnon ! Je n'ai pas l'intention d'adopter Adèle Bricoult ni de l'élever, moi ! J'ai déjà bien assez à faire avec Fidèle !

— Je sais, Amélie. Ne t'inquiète pas, je le sais bien. Mais je ne te parle pas de ce que tu vas faire, de ce que nous allons faire, mais de ce que l'on va dire à l'Assistance publique. Ce n'est pas la même chose.

— Hum, je vois. Ça ne marche pas.

— Pourquoi ça ?

— Parce que, chère Basilique, Fidèle et moi on est bien trop connu des services sociaux, figure-toi. J'ai droit à une visite de leur part tous les ans, depuis qu'il est né. Pour s'assurer que tout se passe bien. Que je m'en occupe correctement. Qu'il ne me pose pas de problème. L'an passé, c'était une nouvelle, l'assistante sociale. Une remplaçante, qui n'est pas restée, d'ailleurs. Et elle m'a clairement dit que si les contrôles continuaient malgré l'âge de Fidèle, c'est que maintenant ce n'était plus vraiment lui qu'on contrôlait, mais moi. Elle ne m'a pas dit : « Je viens vérifier si vous n'êtes pas devenue trop gâteuse pour pouvoir vous occuper d'un fils débile mental, » mais ça n'en était pas loin. Alors autant te dire que la situation de mon « couple », ils la connaissent bien. Ton idée, tu peux la mettre au panier, j'en ai peur.

Basilique regarde Amélie en silence. Et finit par concéder qu'elle a sans doute raison. Avec une pointe de reproche, elle ajoute :

— Mais pourquoi ne m'en as-tu jamais parlé, de ces contrôles ?

— Tu crois que ça m'amuse ? Que ça me rend fière ? Non ? Alors tu as la réponse à ta question. C'est une petite calamité annuelle, juste là pour me rappeler, comme si je pouvais l'oublier, que mon fils n'est pas exactement Einstein. Alors ça arrive, ça passe, et je l'oublie jusqu'à l'année suivante. Satisfaite ?

— Hum…

— En tout cas ça n'aurait pas réglé notre problème, même si j'avais été « mariée ». Je suis bien trop vieille ! C'est une mère qui lui faut, à cette petite, pas une grand-mère.

— Là, tu te trompes ! On ne parle pas de ce qu'il lui faut dans l'absolu, à Adèle. Mais de ce qu'il faut montrer pour éviter qu'elle ne tombe entre leurs griffes. Et je t'assure que le placement chez les grands-parents, ça ne leur pose pas de difficulté.

— Peut-être, mais je ne suis pas sa grand-mère.

— Non, je sais…

Basilique reste alors un long moment silencieuse, le regard fixe, les lèvres plissées. C'est l'attitude que feu son mari appelait affectueusement « sa tête de grain de poivre ». Amélie connaît bien ce genre de grimaces. Elle aussi n'ignore pas que chaque année qui passe est source de mimiques de ce type, quand votre corps vous envoie soudainement un message aussi peu agréable que de croquer dans une épice imprévue, fort piquante ou très amère. Mais le moment se prolonge tant qu'elle ne peut s'empêcher de lancer un « Basilique ? Ça va ? » où perce une légère pointe d'inquiétude. Basilique finit par tourner la tête, regarde Amélie et grimace, mais cette fois, c'est un sourire.

— Ça va, ça va… Bon, on disait quoi ?

— Que… Que je ne suis pas la grand-mère d'Adèle.

— Ah oui. Tu sais, je crois qu'on devrait commencer par faire le tour des possibilités, et voir ensuite ce qu'on peut en faire. Regarder chaque maison, sans à-priori.

— À ce tarif-là, tu peux lui trouver un oncle et une tante facilement. Sans enfant, un grand logement, des revenus coquets, Michel et Soazig le Braz, ils sont parfaits pour le rôle, non ?

— Mouais. Je ne sais pas. Il me semble qu'élever une enfant dans les odeurs de maquereau et de hareng…

— Hé, c'est toi qui fais la fine bouche, là ! Je croyais que ce n'était pas nos sentiments qui comptaient mais ceux de l'Assistance ?

— Exact. Mais si ça me fait cet effet-là, ça peut aussi l'inspirer à l'Assistance, non ?

— Admettons. Bon, qui d'autre ? L'autre côté de la rue, on peut l'oublier. Duverger, Robert, Blumstein, des hommes seuls. En plus, les premiers sont sans emploi. Les Zonntag, des étrangers… Et puis ils sont trop vieux. Mercier est seul aussi, et en plus trop jeune. Siméon, je n'en parle même pas. De ce côté-ci, on oublie le café, évidemment. Roger Thépault aussi, le pauvre…

Un instant de silence s'impose, tout empli de la vision terrible de Roger le défiguré.

— Le **M**aire ? essaye Amélie, avant de se raviser. Non, de toute façon, ça serait mieux ailleurs que dans le même immeuble. Pauvre petite. Il y a les Guigot, aussi.

— Eux ? Je ne suis pas certaine…. Et Rosie ? lance Basilique pour faire diversion à ces tristes pensées.

— Tu plaisantes ? Oui, je vois que tu plaisantes. Reste Suzanne. Hé, Suzanne, c'est un bon choix, non ? D'accord elle est seule, mais elle est entre deux âges, ni jeune ni vieille, c'est bon, ça. Et puis…

— Et puis ? demande Basilique, intéressée et un rien goguenarde.

— Bien… Oh, soyons franche, hein ? Elle est grosse, et les grosses, il me semble, ça inspire confiance. C'est rassurant, maternel, tout ça, quoi. Tu n'es pas d'accord ?

— Si, si. Tu as raison. Mais le problème reste le même. Elle n'est pas plus la tante d'Adèle que tu n'es sa grand-mère.

— Hum… On en revient toujours à ça, hein ?

Les deux femmes restent songeuses, continuant de manière muette l'échange qu'elles n'ont jamais interrompu depuis l'âge des uniformes scolaires.

Adèle Bricoult, dans la rue

Dans l'après-midi, le rond-point de la place du 17 août exerce à nouveau son attraction sur les artistes en route vers les quartiers touristiques. Il est vrai qu'il borde le trajet allant de la gare routière à ces derniers. Aujourd'hui, c'est un guitariste qui s'est installé au bord de la fontaine. Mal rasé, l'air fatigué, il a cependant une tenue correcte, pour ne pas dire soignée si on la compare à celle de nombreux artistes de rue. Il a posé son étui de guitare devant lui et l'a ouvert. Il en a sorti une épaisse liasse de feuilles volantes qu'il compulse, l'air concentré. Des enfants qui jouaient devant le 256 s'approchent, intéressés. Parmi eux on compte une seule fillette, Adèle Bricoult, ainsi que les deux fils Bosco. David, l'aîné des deux, se campe devant le musicien, les poings sur les hanches, et le dévisage sans fard. L'homme l'ignore et continue de feuilleter ses papiers, s'arrêtant un moment sur chacun avant de passer au suivant sans que son visage ne reflète autre chose qu'une concentration intense. David se retourne et lance vers les autres enfants, en manière de défi :

— Peuh, je suis sûr qu'il ne sait même pas jouer !

Le musicien ne relève pas, poursuit son manège. Les enfants sont sur le point de retourner à leur jeu interrompu quand l'homme finit par reposer ses feuillets sur le rebord du trottoir, à ses côtés, et se saisit de sa guitare. Intéressés, les enfants interrompent leur retraite et se rapprochent.

La guitare est un bel objet, d'un rouge bordeaux si foncé qu'on le dirait noir. La rosace est bordée d'une fine marqueterie dans des tons de bleu sombre, aux reflets de métal. Le manche de bois noir brille au soleil du jour comme l'acier d'une arme braquée sur le silence. Le guitariste s'installe aussi confortablement qu'il le peut sur le rebord de la fontaine et accorde son instrument. Les sons cristallins des cordes de métal résonnent dans l'air un long moment, tandis que, tout à sa tâche, l'homme les tend à sa convenance, avec minutie. Quand, enfin, il est satisfait du résultat obtenu, il fait passer son pouce avec douceur de haut en bas des cordes, produisant un accord doux et triste. Les enfants s'approchent encore, avant de sursauter quand le guitariste, sans préavis, claque un riff violent et bref.

Ravi de l'effet de surprise qu'il vient de provoquer, il regarde enfin les enfants, avec un sourire satisfait. Puis il joue lentement des accords mineurs qu'il étire, encore et encore, sans qu'un vrai rythme en émerge. Cela surprend les enfants qui se demandent si on peut qualifier ceci de « musique » ou juste de « sons ». Adèle et David commencent à échanger des avis sur ce thème, évidemment divergents. Adèle prend d'ailleurs rapidement le dessus sur son contradicteur, la différence d'âge – en sa défaveur – étant plus que compensée par ses capacités verbales et de raisonnement. En d'autres termes, David est en train de passer pour un idiot, bien vite à court d'arguments devant la vivacité intellectuelle de la jeune fille. Il se renfrogne et se tait au moment précis où l'homme donne enfin à ses enchaînements d'accords un rythme pouvant être celui d'une mélodie.

Fidèle Rochart rejoint les enfants et se tient au bord de leur demi-cercle, les bras ballants et la bouche ouverte. Le guitariste tourne le visage dans sa direction, le gratifie d'un sourire qui se reflète sur le visage de l'idiot. Et commence à chanter.

> *Stay...*
> *Stay by this fire*
> *Stay...*
> *Please, come closer...*

Il reprend alors, plusieurs fois de suite, un *picking* qui ne semble pas lui donner satisfaction, avant d'enchaîner sur la suite de sa chanson que les enfants écoutent religieusement. Il y est question de guerre, d'envahisseurs et de pauvres gens à la vie emportée. Les paroles décrivent le comportement des premiers, forts de leur bon droit autoproclamé, et le désespoir des seconds, leur descente en enfer et leur choix de la résistance armée, qualifiée de terrorisme par les occupants. Elles parlent de bien d'autres choses encore, ces paroles, mais elles n'ont de signification que pour le guitariste et pour lui seul, car ni les enfants ni Fidèle n'en comprennent un traître mot : le niveau d'anglais rue des petits péchés est proche du zéro absolu. Ils ne se découragent pas pour autant. Au contraire, cela confère au spectacle impromptu auquel ils assistent une magie à laquelle la compréhension des textes aurait probablement nui.

Plongé corps et âme dans sa chanson, le musicien a fermé les yeux. Sur un dernier refrain le rythme s'accélère, les accords se font plus brutaux, le manque de technique de l'homme étant suppléé tant bien que mal par son enthousiasme. Sa voix descend d'abord dans des basses chaudes, aux riches harmoniques, avant de monter dans des aigus plus dramatiques et plus désespérés.

There's no special F/X here

It's not a movie

No special F/X dear

But I'm here to be...

I'm here, just for you...

I'm here to kill you...

Il poursuit la mélodie, bouche fermée, laissant lentement se calmer son rythme, au gré d'accords irréguliers, parsemés de quelques fausses notes. Enfin, sur un dernier accord de *la* mineur septième, il laisse sa main droite retomber, inerte, le biceps en appui sur l'éclisse de la guitare. La main gauche lâche alors le manche et il regarde son public, les yeux vagues. Les enfants restent muets, sous un charme déconcertant d'étrangeté et d'incompréhension. Fidèle, lui, essuie ses yeux du dos de la main, sans pour autant refermer la bouche. Le guitariste lui lance, avec un accent étrange, ce que les enfants comprennent comme : « Hey, you ! Diaspikinish ? »

Avec la moindre notion d'anglais, ils auraient peut-être reconnu un simple « Do you speak English ? » Mais si les oreilles de la rue des petits péchés sont fines, ce n'est pas dans la compréhension de la langue de Shakespeare… La phrase prend peut-être malgré tout un sens dans l'esprit de Fidèle, à moins que ce ne soit l'effet du hasard, car il secoue la tête en regardant le guitariste. Il en profite même, honneur rare, pour refermer sa bouche sur un sourire d'excuse. Le musicien semble apprécier la grâce qui lui est faite car, avec un geste exagéré du bras, il répond d'une révérence appuyée, la tête courbée avec déférence comme s'il s'inclinait devant un personnage royal. Fidèle accueille le salut sans surprise, tel un grand du royaume devant lequel pareil geste est coutume.

L'homme pose sa guitare sur ses genoux, extrait une cigarette de sa poche de chemise, l'allume et en tire une profonde bouffée, dont la fumée monte tout droit se perdre dans le ciel.

Le charme de l'instant retombé, David Bosco retrouve ses ruminations de vengeance. Adèle l'a humilié en lui rabattant son caquet, cela demande réparation. Presque aussitôt, il tient son idée. Il est à l'âge où les convenances et l'altruisme sont des notions inconnues ou à combattre. Pas de tabou, pas de quartier. David bouscule Adèle, l'arrachant au rêve dans lequel la chanson l'avait plongée. Il se moque d'elle, se moque de son air mal réveillé, l'esprit de la fillette ayant de la difficulté à sortir de l'univers musical dont une porte vient de s'ouvrir devant elle. Comme elle essaye de le repousser, il profite de son avantage physique pour la malmener un peu, tout en continuant à la traiter de folle, de débile, de manque-une-case et de tout un tas d'autres qualificatifs flatteurs du même acabit, dont sa banque de mots regorge. Peu de guichets dans cette banque, mais celui-là au moins est richement doté, et David ne se prive pas d'y faire de fréquents retraits, enrichissant de temps à autre la collection, au gré de ses découvertes musicales ou télévisuelles.

Adèle commet l'erreur de se défendre, de regimber sous les bourrades de David, ce qui encourage ce dernier à continuer, ajoutant par instants des pincements à l'échantillonnage de brimades que subit Adèle. Le ton et l'agressivité des deux enfants augmentent peu à peu, jusqu'à son maximum quand David hurle dans les oreilles d'Adèle :

— De toute façon, ton père, c'était un fou ! Faut être fou pour se pendre par le cou ! Et toi aussi t'es folle ! Pis tu vas finir pendue, tiens !

Adèle se fige en entendant cela, puis fait demi-tour et part en courant vers la rue des petits péchés, les larmes aux yeux. David ricane, satisfait de sa victoire. Il remarque du coin de l'œil le regard désapprobateur du musicien, mais n'en a cure. Voulant capitaliser sur sa position de force, il lance à la cantonade :

— Allez, suivez-moi ! On retourne jouer !

Il part aussitôt d'un pas décidé mais mesuré vers le 256, certain que dans l'instant le troupeau le suivra, ce qui est bien le cas. Restés seuls, Fidèle et le guitariste regardent le groupe d'enfants qui s'éloigne. Le musicien lâche encore un soupir, rouvre son étui et y range sa guitare. Il est en train de se relever quand Fidèle lance :

— Moi, Adèle, je l'aime bien.

Un long échange de regard suit cette déclaration spontanée.

— *Sodouaye*, finit par répondre l'homme, sans se compromettre.

Adèle a couru jusqu'à percuter l'obstacle imposant d'une Suzanne Langlais qui venait de délaisser sa boutique pour aller aux nouvelles et se rendre à la convocation de Basilique Gagnon. Suzanne encaisse sans peine le choc, mais Adèle se retrouve sur les fesses, les larmes coulant toujours sur ses joues, les yeux perdus. Sans un mot, Suzanne se baisse, prend la fillette dans ses bras et la berce contre son ample poitrine. Petit à petit, les pleurs d'Adèle s'apaisent. De l'entrée du 152, Basilique Gagnon observe la scène avec intérêt.

Assemblée chez Basilique Gagnon, N° 152

L'heure fixée pour l'assemblée générale des résidents approche maintenant à grands pas. Basilique est occupée dans l'entrée du jardin du 152, si tant est que l'on puisse encore qualifier ainsi les broussailles enchevêtrées qui le constituent. À quatre pattes dans les mauvaises herbes et les branchages, elle en arrache méthodiquement certains tout en ignorant leurs voisins. Le premier à arriver est le **M**aire. Il reste quelques instants à contempler Basilique Gagnon, puis toussote pour signaler sa présence. La vieille dame tourne la tête, le regarde avec un air vague, puis reprend son activité. Désorienté, le **M**aire tousse derechef.

— Quoi, encore ? lui lance Basilique d'un ton hargneux.

— Mais.. la réunion ! Chez vous, enfin, je veux dire ici. Maintenant. Vous vous souvenez ?

Basilique Gagnon bat des paupières en silence pendant plusieurs secondes, puis finit par se relever péniblement, ignorant le bras que le **M**aire lui propose. Elle grommelle :

— Ah, ces maudits géraniums, quel travail…

— Des géraniums ? Où ça ? demande le **M**aire ingénument.

Basilique le foudroie du regard sans répondre, puis avec un souverain mépris, lui indique le sentier qui traverse le jardin sauvage. Elle lui emboîte le pas et, arrivé au « salon », il s'installe sur une des chaises de rotin qui constituent l'essentiel de l'ameublement.

Il remonte son pantalon sur ses grosses cuisses, écarte les basques de sa veste et se laisse aller contre le dossier, qui émet un grincement inquiétant. Il plonge ensuite sa main droite dans la poche de sa veste et en sort un paquet de tabac. Mais devant le regard courroucé de Basilique, avant même que les foudres de cette dernière ne se déclenchent, il se souvient que, bien qu'à l'air libre, il est actuellement assis dans « l'intérieur » de la vieille dame. Il rempoche son tabac avec un regard d'excuse, le rouge aux joues. Après quelques instants, il se racle la gorge et prend la parole :

— En ce qui concerne la piétonisation de la rue…

— Ce n'est pas le sujet du jour, le coupe abruptement Basilique Gagnon.

— Ah… Euh, oui, bien sûr… balbutie le **M**aire, qui devient écarlate sous la rebuffade.

Heureusement, les autres convoqués arrivent les uns après les autres, ce qui le tire d'embarras. Le cercle s'élargit de plus en plus, au gré de leur installation. La rue doit sembler morte, tous ses commerçants sont réunis ici. Suzanne Langlais arrive à son tour, ayant fini de consoler Adèle mais ne l'ayant bien entendu pas amenée avec elle. Enfin, premiers prévenus, derniers arrivés, à l'exception du **Maire**, les locataires du 256 se présentent groupés.

Après un dernier coup d'œil circulaire pour s'assurer qu'il ne manque personne, Basilique Gagnon ouvre la séance. Elle rappelle à tous les tragiques événements de la nuit, propose une minute de silence à la mémoire de ce pauvre Jo Bricoult. Tous se recueillent alors, le regard vissé au sol. Enfin, elle relève la tête, explique que les « avis autorisés » (entendez, principalement le sien) font craindre pour Hélène une hospitalisation de longue durée, sinon définitive. Et que le sort d'Adèle est entre leurs mains à tous. S'ils ne font rien, il est certain que l'hydre « Assistance Publique » va fondre sur la pauvre enfant, la couper de ses habitudes de vie. Briser ses repères, l'éloigner de ses amis. En résumé, la vie d'Adèle sera perdue. À moins que…

Elle marque alors une longue pause, interrogeant toutes et tous du regard. Un certain malaise commence à régner, finalement rompu par la voix claire de Fidèle qui lance : « Moi, je l'aime bien, Adèle. » Tous se retournent vers l'idiot, certains avec un air courroucé qui veut clairement dire : « Hé, on parle de choses sérieuses, ici ! » Mais en voyant le sourire énorme et les yeux perdus au ciel de Fidèle, ils ne peuvent retenir un sourire, qui se mue bientôt en éclat de rire bon enfant.

La petite foule est soulagée par la diversion. Leur verbe est libéré. Ils se mettent à parler entre eux, jetant parfois un regard inquiet vers la maîtresse Gagnon, au souvenir de la façon extrêmement sévère dont elle réprimait les bavardages dans sa classe. Mais aujourd'hui, les choses sont différentes. Ils sont tous adultes et surtout, Basilique Gagnon les encourage du regard et du menton. Elle sait que si une solution existe, c'est de l'échange de leurs idées qu'elle viendra. Toutes les idées, même les plus saugrenues, les plus folles, doivent être envisagées. Bientôt les discussions s'organisent, les habituels leaders d'opinion de la rue se lancent des arguments, tandis que d'autres, normalement absents des débats, s'y font remarquer, se sentant exceptionnellement concernés ou habilités à faire partager leur avis. Par moment, Basilique Gagnon est obligée de produire un « Ttt Ttt ! » réprobateur, faisant claquer sa langue contre son palais à l'adresse d'un individu ou d'un groupe dont le niveau sonore commence à incommoder le reste de l'assemblée.

Finalement, un bon quart d'heure plus tard, elle reprend la parole, faisant une rapide synthèse de ce que tous ont dit de sensé.

— Bon, il semble qu'on soit tous d'accord, la seule solution raisonnable, c'est d'essayer d'obtenir que la garde d'Adèle soit confiée – ou plutôt soit agréée par l'administration – à quelqu'un de la rue, et non à des inconnus ou à un foyer. Adèle n'a pas de famille, ni dans la rue, vu l'hospitalisation de sa mère, ni ailleurs, d'après ce qu'elle en dit. Reste donc à trouver comment obtenir que l'un d'entre nous obtienne le droit de s'occuper de la petite, au moins jusqu'au retour de sa mère, s'il a lieu un jour… Et à vous entendre, j'ai bien peur que personne n'ait trouvé de solution.

— Peut-être que si, peut-être que si.

À la surprise générale, c'est Ulrich Zonntag qui vient de prendre la parole. Jusque-là, les deux frères étaient restés silencieux, écoutant les conversations en s'échangeant des regards dont eux seuls connaissaient la signification. Des coups d'œil emplis de lourds discours muets, issus pour la plupart de la scène du café « Au temps qui passe ». Une fois rentrés chez eux, la veille au soir, sans presque en discuter, les jumeaux Zonntag ont pris d'un commun accord la décision de rompre leurs habitudes, leur façon de vivre, quasiment leur façon d'être : la neutralité, la non-intervention. Les douloureux souvenirs évoqués le soir précédent leur ont fait comprendre qu'il était enfin temps de faire ce qu'ils n'avaient jamais fait, l'intimité de chacun se résumant à l'autre : agir pour leur communauté, leurs proches. Ce n'est pas que l'altruisme les ait soudainement saisi, mais les événements de la veille viennent de leur présenter une facture impayée depuis des lustres, et la passivité n'est plus de mise : il y va de leur équilibre moral. Pour rembourser enfin la dette que la mort de Mikhaïl fait peser sur leur conscience, ils se sentent maintenant contraints de s'impliquer dans l'histoire d'Adèle. Quelqu'un, un jour, a eu besoin d'eux et ils ont fait défaut. Aujourd'hui, c'est le sort d'une enfant qui est en jeu.

Ulrich reprend, tous les regards tournés vers lui :

— Ich... Je, et mon frère Harro aussi, a... réfléchi au proplème. *Der trick,* euh... il se tourne vers son frère.

— L'astuce.

— Ach, ja, l'astuce, c'est que personne ne sait si Atèle a te la famille, *nicht war* ?

— Euh, c'est vrai, répond Basilique. Mais je ne qualifierais pas ça « d'astuce ». Juste de « problème ».

— *Ja, ja, aber...* C'est quand même une astuce, parce que l'atministration, peut-être, elle ne sait pas non plus si Adèle, elle a te la famille. *Vielleicht...* Peut-être qu'on n'a pas pesoin te chercher comment faire accepter des « étrangers » par l'atministration...

Les plus vifs ont compris la direction vers laquelle tend le raisonnement des deux frères. Pour les autres, Basilique Gagnon répète, lentement :

— Vous… Vous dites que, peut-être, l'administration ne sait pas, elle non plus, si Adèle a de la famille.

— *Jawohl* !

— Et que… Si nous fournissons… la « preuve » que justement, elle en a, de la famille, ici, dans cette rue, ils s'en contenteront peut-être.

— *Ja, vielleicht*. Peut-être.

— La preuve…

— *Ja*. La preufe.

— Quelle preuve ? demande Rosie tout à coup. Je ne comprends rien de ce que vous dites, madame Gagnon, excusez-moi, je sais que c'est moi qui… Mais de quelle preuve est-ce que vous parlez ?

Basilique Gagnon réprime un soupir d'impatience.

— Une preuve quelconque. Un papier, un certificat qui prouve que quelqu'un dans la rue est de la famille d'Adèle.

— Ah… Et on a ça ? C'est qui ?

— Mais non Rosie, on n'a pas ça. Justement…

— Mais si on ne l'a pas, pourquoi vous en parlez, alors ?

— Ce n'est pas grave, Rosie, ce n'est pas grave, répète d'un air distrait madame Gagnon.

Elle se retourne vers Ulrich Zonntag, et lui lance :

— Mais qui pourrait faire ça ?

Ulrich ne répond rien, mais son frère et lui, dans un parfait ensemble, pivotent et font face à celui qui se tient immédiatement derrière eux : Moïse Blumstein. Qui se redresse avec un haut-le-corps.

— Hé-là, che suis écrivain puplic, moi. Pas faussaire !

— Moshe ! lance Harro d'un ton de reproche

Surpris d'être ainsi interpellé dans la version originale de son prénom, Moïse se tait. Harro débite alors une phrase rapide en allemand, finissant visiblement par une interrogation.

— Mais… Che ne sais pas, moi. Che n'ai chamais fait ça. Enfin, ce n'est pas pareil…

— Doch !… *Ein Zertifikat oder ein Fahrzeugausweis, es ist der selbe* ! lui rétorque Ulrich.

— Mais… C'était en Russie, c'est tifférent... Et puis c'était il y a si longtemps, che ne sais pas si…

Le silence retombe, tandis que tous essayent d'imaginer ce que les paroles des Zonntag signifient. Moïse, faire des faux-papiers ! Ce serait drôle si ce n'était pas si surprenant. Inquiétant. Mais l'autorité naturelle de Basilique Gagnon sur ce petit monde est telle qu'aucun ne songe à contester le bien fondé de sa croisade, ni les moyens mis en œuvre pour y parvenir. Et comme elle les a embarqués sur sa galère, eh bien, ils vont ramer ! Eux aussi savent que ces administrations sont certes utiles, mais que moins elles s'immiscent dans la vie des gens, mieux ces derniers se portent. Et si la maîtresse Gagnon juge qu'ils doivent prendre quelques libertés avec la loi pour y parvenir, alors ils la suivront. Après tout, c'est elle, l'autorité qu'ils respectent le plus, et ce, depuis fort longtemps. De son côté, Basilique met rapidement en balance l'idée des Zonntag et ses principes moraux. Le respect de la loi, des règlements et des autorités légales. Mais sa conclusion est rapide et sans hésitation : dans le cas présent, la fin justifie amplement ces moyens.

L'assemblée reprend alors ses conciliabules par petits groupes, mais l'attention de tous est retournée se fixer sur Moïse. Qui n'a d'ailleurs accepté ni refusé quoi que ce soit. Sentant que le moment n'est apparemment pas ou plus aux grandes idées, et consciente qu'une excessive sollicitation risquerait de braquer Moïse, Basilique Gagnon remonte en selle. Elle se place au centre des présents, écarte les bras pour imposer le silence, l'obtient en quelques secondes. Et lance :

— Bon, on n'ira pas plus loin ce soir, inutile de faire perdre plus de temps à tout le monde. Vous avez tous entendu ce qui s'est dit. Si n'importe quelle – je dis bien n'importe quelle – idée vous vient qui concerne le sujet de ce soir, venez m'en parler. Même si c'est idiot ou si ça vous le paraît. Des tas d'idiots ont inventé des choses, simplement parce que qu'ils étaient trop idiots pour savoir qu'elles étaient impossibles. Alors sentez-vous à l'aise.

Basilique Gagnon toussote, l'air soudainement un peu gênée.

— Je sais que je vous demande beaucoup. Le… L'autorité que j'ai sur vous et que vous avez tous respectée, la plupart du temps, peut rendre difficile l'idée de vous confier. À moi. Si vous pensez à quelque chose… Si vous n'osez pas m'en parler, alors… parlez-en à Amélie Rochart. S'il vous plaît. Et réfléchissez à tout ce qui s'est dit ce soir, conclut-elle avec un regard rapide mais appuyé à Moïse.

Comme elle reste silencieuse, les jambes s'agitent. Rosie demande : « C'est… C'est fini ? », ce qui déclenche le mouvement. Tous se lèvent. Sortent à la file, penchant la tête et se protégeant des bras pour éviter les branches minces mais nombreuses qui quadrillent le chemin vers la grille. En quelques minutes, Basilique et Amélie restent seules. Elles se regardent, droit dans les yeux, dans un silence qui se prolonge, jusqu'au désagréable. Amélie finit par le rompre en demandant :

— Je sais que la plupart ne sont pas assez fins pour s'en rendre compte, mais pourquoi as-tu levé la réunion avant qu'on ait avancé sur le « qui est la parente ? »

C'est bien de découvrir que nous disposons peut-être d'un faussaire, juste quand on comprend qu'il nous en faut un. C'est presque trop beau pour être vrai. Mais la tante ? La grand-mère ? C'est qui ? Ça aurait pourtant dû être le point suivant à l'ordre du jour, non ? Et toi, tu lèves la séance ! Allez vous coucher et rêvez donc de ça, braves gens !

— C'est tactique.

— Tactique ? Comment ça ? Ça veut dire quoi, tactique ?

— Ça veut dire que le point crucial, c'est de vaincre l'administration. Peu importe comment et avec qui. Ça, on s'en occupera toujours assez bien le moment venu. On connaît ça, nous, le « moment venu ».

Basilique grimace soudain, sans raison apparente.

— Ça va, Basilique ? lui demande Amélie, inquiétée par la douleur qu'elle a vue en un clin d'œil envahir puis refluer du visage de son amie.

— Ça va, ça va. C'est mes rhumatismes. Je disais quoi, déjà ?

— Tu parlais du point crucial, de vaincre l'administration.

— Ah oui. Alors, tu vois, pour emporter ce point éliminatoire, on vient de découvrir notre chance avec Moïse. Tu as raison, moi aussi ça me paraît trop beau pour être vrai. Je me demande ce qu'ils se sont dit, avec les frères Zonntag, d'ailleurs... En tout cas, je ne veux pas la brûler au moment où elle apparaît, cette chance. Je ne veux pas faire peur à Moïse. Il a déjà bien assez peur comme ça. Si le choix final de « la parente » lui déplait, l'effraie ou Dieu sait quoi encore, eh bien autant qu'il ait vraiment accepté, à ce moment-là. Parce que si ça lui déplait avant qu'il ait accepté…

— On risque d'avoir brûlé notre chance. D'accord, je comprends.

Les deux amies restent silencieuses, songeant en se regardant au défi qui les attend.

Moïse Blumstein, N° 228

Moïse est retourné chez lui. Il sent le regard insistant des frères Zonntag, tandis qu'il arpente le trottoir, et cela lui hérisse les cheveux sur la nuque. Il se garde bien de se retourner, et ne voit donc pas Siméon Toulier rejoindre les Zonntag d'un pas pressé et, s'excusant de son retard, demander :

— Alors, cette assemblée, c'est fait ? Le problème est réglé ?

— Oui, lance Ulrich, à l'instant même où Harro répond le contraire.

Siméon, interloqué, regarde alternativement les deux frères d'un air interrogateur. Ulrich consulte son frère du regard, avant d'ajouter :

— Bon, ce n'être pas réglé encore, mais ça va être. Moïse s'en occupe.

— Moïse ? Ah, donc c'était vrai…

— Quoi ? demande Harro, curieux.

— Oh rien, rien. C'est juste que ça m'a un peu étonné quand il me l'a dit.

Siméon hoche la tête un peu stupidement, tandis qu'il essaye en vain d'imaginer la raison pour laquelle Moïse a soudain décidé d'agir et de se mettre en première ligne, ce qui ne lui ressemble pourtant guère. Quand il abandonne cette recherche infructueuse, en se disant qu'après tout, peu importent les raisons de Moïse, pourvu qu'elles fassent ses affaires à lui, il constate que les frères Zonntag l'ont quitté. Siméon hoche une dernière fois la tête et reprend le chemin de son domicile.

Pendant ce temps, Moïse grimpe rapidement les quelques marches qui mènent à sa porte, entre et claque cette dernière d'un geste à la brutalité bien éloignée de son naturel pacifique. Lui demander de faire un faux ! À lui, Moïse Blumstein ! Tout de même…

Il s'affale dans son fauteuil, face à la fenêtre dont les voilages sont tirés, masquant fort opportunément la rue. Les bras sur les accoudoirs, il se triture la barbe, d'abord d'un geste nerveux puis, au fil des minutes, plus pensivement. Inconsciemment, ses souvenirs le ramènent à sa jeunesse. L'illégalité qu'on le presse de commettre lui remet en mémoire les policiers de l'époque, ceux qui, impitoyables et brutaux, l'avaient arraché à ses illusions, à sa vie de « petit bourgeois ». Quand l'emblème de l'épée et du bouclier, celui du sinistre KGB, avait bouleversé sa vie de jeune juif russe.

Moshe Vassilievitch Blumstein avait à peine plus de vingt ans, à l'époque. Sa barbe était moins longue, mais ses idéaux infiniment plus brillants. À l'époque, il fréquentait assidûment la *yeshiva* de sa petite ville, un faubourg de Tcheliabinsk, dans l'est de l'Oural. Il engloutissait ses heures dans l'étude de la Torah et du Talmud par pur amour de l'écrit et de l'ancien. D'ailleurs, dans ces paroles du Créateur, transmises par les prophètes puis analysées et commentées sans fin dans les textes qu'il compulsait, recopiait et commentait lui-même, Moshe aurait été bien en peine de trouver une quelconque foi personnelle. Il croyait en l'histoire, en la littérature. Il avait foi en la morale et le mode de vie de son peuple. Mais un Créateur, un vrai, interagissant avec les humains, voilà qui lui donnait beaucoup plus de mal. Moshe était un parfait pratiquant, jeune expert des écritures. Et athée absolu. Heureusement, aucun *rabbi* ne lui posait jamais ce genre de question.

Sa vie aurait pu se dérouler ainsi, sans heurts ou presque. C'est que, il s'en était rendu compte bien des années après, la vie dans une dictature n'est pas aussi terrible qu'on peut l'imaginer de l'extérieur. D'autant plus dans une dictature à la taille de l'Union Soviétique. À cette époque, le raz-de-marée permanent de l'information – journaux, radios, télévision, pour ne pas parler de cet Internet que tous ont maintenant à la bouche – n'existait pas ou si peu. Un journal local, avec des nouvelles locales. La *Pravda* pour les rares intéressés par la propagande du pouvoir de la lointaine Moscou. Pour le reste, une vie dont les cahots sont rudes, les contraintes importantes, mais qui est loin d'être l'enfer quotidien décrit dans la littérature antisoviétique. C'est assez logique, quand on considère que les gens peuvent éternellement supporter le purgatoire, mais ont tendance à se révolter si l'enfer s'installe de manière trop prolongée. Et puis les difficultés économiques avaient bien plus d'impact sur la vie quotidienne de tous que les décisions politiques et les théories sur la lutte des classes et l'avenir du Socialisme. Les premières dictent l'état quotidien des estomacs, quand les secondes n'ont que peu d'effets sur des ventres affamés. Reste que Moshe ne souffrait pas de la faim. La petite communauté juive de sa ville vivait quasiment en vase clos, subvenant à ses besoins et mettant chaque jour à l'honneur l'adage : « pour vivre heureux, vivons cachés. »

C'est du moins tout ce qu'en avait connu Moshe, élevé par des parents discrets et prudents, au milieu d'une communauté discrète et prudente. Mais voilà, la jeunesse est insouciante. La jeunesse est idéaliste. Un soir, au sortir de la *yeshiva*, Moshe était en grande discussion avec deux autres jeunes étudiants du Talmud. Ils s'invectivaient à propos de l'état d'Israël, récemment créé, et sur sa compatibilité avec le retour en terre promise annoncé par les prophètes. Et quand la patrouille de police avait remonté la rue, Moshe n'avait pas eu la prudence de changer de sujet de conversation. Et pour cause, leur tournant le dos, il n'avait compris qu'à l'instant où une main ferme et inamicale s'était abattue sur son épaule, alors que ses interlocuteurs semblaient rapetisser en un clin d'œil, qu'il risquait d'avoir des ennuis. Il était au beau milieu d'une diatribe enflammée sur l'avenir radieux qui s'offrait à son peuple, libéré des contraintes et des risques des états laïcs, voire antisémites, quand la main de la loi s'était abattue, accompagné d'un : « Alors, camarades, on fait de l'agitation politique sur la voix publique ? » qui, en dépit de l'inflexion finale, n'avait rien d'une question.

Avant même de reprendre ses esprits, Moshe s'était retrouvé au poste de police. Fort de son bon droit et de son patriotisme indéfectible, il avait fermement nié toute accusation de sabotage, d'antisoviétisme et d'appartenance à une « cinquième colonne stipendiée par l'ogre capitaliste américain ». Ce n'est que trop tard qu'il avait compris que le commissaire politique qui l'interrogeait prenait personnellement le terme de « stupidité » dont Moshe qualifiait d'abondance ces accusations. Trop tard, il avait essayé de faire marche arrière, de mieux s'expliquer. Mais la période de grâce pendant laquelle son sort n'était pas encore fixé était maintenant terminée. Par inconscience, par méconnaissance de la vie réelle du pays où il vivait mais qu'il ignorait à peu près complètement, il s'était lui-même enfermé dans la position bien inconfortable « d'ennemi de l'état, aux menées et paroles subversives. »

La suite avait semblé s'enchaîner comme dans un mauvais rêve. En quelques jours, sans même avoir revu quiconque de sa famille, il était passé des cellules du poste de police local à celles, guères plus accueillantes, de la prison régionale, dont il n'était sorti que pour un bref transfert au tribunal, où une sorte de formalité judiciaire avait été accomplie à toute allure devant ses yeux ébahis. Sans avoir eu le temps de défendre sa cause, contraint au silence par un avocat de la défense qui semblait surtout désireux d'éviter tout esclandre, passant son temps à lui murmurer : « Ne dites rien, ça ne ferait qu'aggraver votre cas, » il s'était, au terme de dix minutes d'absurdité effarantes, entendu condamner à trois ans de camp de rééducation en Sibérie orientale. « À l'issue de la peine, le prévenu – sous réserves que sa rééducation soit jugée satisfaisante par les autorités pénitentiaires – sera assigné à résidence pour une durée de cinq ans dans la région autonome juive du Birobidjan. La cour tient à faire remarquer sa mansuétude et la clémence de la peine prononcée, en dépit de la gravité des actes reprochés. Loin de se livrer au lynchage juridique, tel que le pratiquent les capitalistes américains, l'extrême ouverture d'esprit du régime soviétique propose au condamné d'aller s'installer dans la région de ses rêves. Il s'agit en effet du territoire autonome offert aux juifs soviétiques par l'État, juifs qui y disposent de leur gouvernement territorial ainsi que d'une langue officielle, le yiddish, » avait conclu le président, avant de faire claquer sèchement son marteau en ajoutant : « Affaire suivante. »

Moshe, découvrant à cet instant précis l'existence d'une « terre promise » des juifs au sein même de l'Union Soviétique, n'avait pas eu le temps de réagir qu'il était déjà retourné en cellule. Avec une grande efficacité, il en avait été extrait le soir même pour entamer son voyage d'étude du Grand Orient de la Russie éternelle. Avaient suivi presque quatre années de camp de travail, dans les terribles conditions qui faisaient de la survie l'activité majeure des condamnés. Hivers au froid défiant toute raison pendant lesquels, enveloppé de haillons pour protéger du mieux qu'il le pouvait son corps affaibli par les privations, il s'épuisait à des tâches aussi éreintantes qu'inutiles et dangereuses. Étés torrides, infestés de moustiques voraces, où les « travaux de voirie » de l'hiver disparaissaient dans les fondrières d'un sol marécageux. Il avait vécu la première année comme un automate, avant d'avoir – et de saisir – la chance de mettre à profit ses talents de copiste pour bénéficier d'une situation moins risquée et, surtout, beaucoup plus confortable. « Repéré » par un commissaire politique lors d'une revue d'effectif visant à optimiser le fonctionnement du camp, il avait pu abandonner la pioche et la pelle pour la plume et avait été transféré dans un bureau suffisamment chauffé pour y recopier d'interminables documents comptables.

Ses lettres et ses chiffres parfaitement formés lui avaient probablement sauvé la vie : s'il avait dû rester travailleur manuel, son physique de lettré ne lui aurait sans doute pas permis de survivre aux rigueurs de son nouvel environnement. Désormais, il ne faisait plus partie de la colonne de *zeks* qui, tous les matins, sous la pluie ou la neige, quittaient le camp pour se rendre aux mines. Pour avoir saisi cette opportunité, Moshe a survécu, tant bien que mal. L'issue de sa peine coïncidant avec une relative et brève libéralisation du régime du camp, au moment où la disparition du « petit père des peuples » faisait l'espoir de beaucoup, il avait eu la chance de ne pas connaître de prolongation de sentence. La chose était fréquente jusque-là, quand les objectifs du Plan, appliqués au camp, rendaient nécessaire de conserver au travail forcé une main d'œuvre théoriquement arrivée au bout de sa peine.

Moshe avait donc été convoyé, dans des conditions dignes d'un animal, jusqu'à la « terre promise » où, dans sa grande bonté, le régime soviétique lui proposait de l'installer. Le Birobidjan ! En fait de terre promise, c'était une région déshéritée dont la position stratégique, aux frontières de la Chine, avait évidemment la première importance aux yeux de Staline et des siens. Le sionisme étant une hérésie « Nationale-Bourgeoise » dans la terminologie officielle, cette région dont la population totale aurait à peine rempli une ville de moyenne importance n'était même pas peuplée majoritairement de juifs, en dépit de son appellation officielle. Situé aux confins orientaux de l'union, elle servait aussi de lointain exil pour les intellectuels juifs dérangeants. Moshe avait pu s'y reconstruire une vie modeste, toujours aux limites du besoin, mais à la fort satisfaisante richesse intellectuelle. De plus, ses activités de copiste profane, au camp, avaient développé pour lui des débouchés certes moins nobles que le talmudisme, mais bien plus efficaces pour remplir la marmite. Copiste, écrivain public, bientôt devenu spécialiste des arcanes obscurs de la bureaucratie soviétique, Moshe avait mis à profit l'inévitable pour en faire de l'utile. Il lui était même arrivé de transgresser légèrement les frontières de la légalité, « complétant » une autorisation de circuler d'une signature de commissaire politique ici, un tampon du KGB là. Oh, rarement. Et avec les plus grandes précautions ! S'il confectionnait parfois des faux papiers, c'était à l'usage exclusif de gens du commun, dans un but aussi précis que personnel : un document de voyage pour rendre visite à des vieux parents, un certificat de domicile pour obtenir une place à l'usine. Rien de plus politique, question de survie. Staline avait beau être mort, sa succession ne s'était finalement pas avérée si ouverte d'esprit qu'on aurait pu l'espérer. Et si les camps avaient échoué pitoyablement à prouver leur efficacité économique, ils étaient en revanche toujours aussi prisés par le pouvoir pour éloigner les dissidents et autres gêneurs.

Les cinq années d'interdiction de quitter le territoire du Birobidjan avaient atteint leur terme sans que cela change grand chose à la situation de Moshe. Son passeport intérieur était maintenant nanti d'une mention « nationalité birobidjienne » qui lui interdisait peu ou prou de circuler dans le reste de l'union sans attirer le regard soupçonneux des autorités. Il aurait donc dû finir sa vie dans cette région, mais il s'y sentait toujours aussi étranger que quand il était au camp du goulag, perdu au fin fond de la Kolyma. Alors Moshe avait commis son premier véritable acte de délinquance. Des faux papiers dont le but n'était pas anodin, mais bel et bien un acte d'antisoviétisme absolu, une rébellion, une trahison de l'État des Travailleurs. Des faux papiers, pour lui-même. De type et en quantité suffisante pour traverser le pays, puis le quitter. Moshe avait pris le temps nécessaire à leur confection, sans impatience ni précipitation.

Plus d'un an après que ce projet soit né, Moshe a entamé son périple de plusieurs milliers de kilomètres. Le cœur battant la chamade à chaque fois qu'un uniforme apparaissait dans son champ de vision et risquait de mettre à l'épreuve la qualité de son travail et des explications qu'il fournissait quant à son identité ou sa destination. Enfin, au terme de trois mois de prudente progression vers l'ouest, Moshe a fini par atteindre à nouveau la terre promise qui, pour lui, s'appelait maintenant « l'occident capitaliste ». La suite ? Une série de petits emplois : chauffeur de taxi, cantonnier, plongeur dans un restaurant. Une petite vie simple et sans histoires, patiemment reconstruite dans un pays nouveau, avec pour seule différence que Moshe, devenu Moïse, ne fréquente plus guère ses coreligionnaires. Ayant décidé que son judaïsme resterait dorénavant du domaine privé le plus strict, ayant découvert dans les camps de travail plus de raisons de croire en l'Homme qu'en une divinité quelconque, Moïse s'est fondu sans bruit dans le décor de sa nouvelle vie. La rue des petits péchés, son port d'attache depuis maintenant des décennies, est un havre de paix et de sécurité. Moïse a, dans la discrétion, trouvé son bonheur.

Et voilà qu'on lui demande de retourner vers un passé dont il a soigneusement enfoui, sous la poussière de toutes ces années, les miasmes glacés de froid et de peur. Un faux ! À nouveau ! Seul chez lui, Moïse sent le frisson de la peur lui parcourir l'échine.

Michel et Soazig le Braz, N° 163

Dans la poissonnerie le Braz, l'ambiance est tendue. Comme à l'habitude.

Soazig arpente le carrelage humide, devant les étals. Elle replace quelques soles qui ont glissé sur la glace et ne sont plus à leur avantage. Elle redresse un brin de persil avachi, repousse légèrement, du bout du doigt, une huître qui saille trop à son goût, sur le rebord de la bourriche. Pendant ce temps, Michel frotte la paillasse, le long du mur, d'un air absent. Après quelques allers-retours supplémentaires, Soazig s'installe à son poste, la chaise haute derrière la caisse, de sous laquelle elle extrait un napperon de fil dont elle poursuit le délicat motif crocheté, aussi silencieuse que les deux carpes qui nagent dolemment dans le grand aquarium, le long du mur qui lui fait face. Carpes qui survolent de leurs trajectoires paresseuses des écrevisses immobiles, de la même couleur que le sable sur lequel elles reposent.

Le silence se prolonge, habituel au couple. C'est que leurs habitudes n'ont pas changé d'un pouce depuis qu'ils se sont connus, il y a plus de dix ans. Lui, venant d'hériter de cette boutique en ville. Elle, fille de bonne famille de Pont-l'Abbé, cœur du pays bigouden, où les hommes sont fiers et où les femmes commandent. Elle a accepté sa demande et l'exil qui l'accompagnerait. Depuis, ils vivent une vie de couple en tout point conforme à ce qu'elle aurait pu être s'ils s'étaient installés sur les rives de la rivière sans nom qui coule à Pont-l'Abbé. Ce n'est que partie remise, le plus gros du travail est même fait. Encore cinq ans, et ils pourront se mettre en quête d'un acheteur, vendre un commerce florissant, bien situé et nanti d'une clientèle exigeante mais fidèle. Obtenir un bon prix, et enfin, enfin, pouvoir retourner s'installer au cœur du pays bigouden, ce qui est une obligation vitale pour ceux qui y sont nés : au loin, ils s'étiolent et vivent rarement vieux.

Leur couple aurait pu être considéré comme jouissant d'un mariage honnêtement réussi, au regard des règles sévères qui régissent les rapports entre homme et femme, mari et épouse, dans leur pays natal. Mais au-delà de la froideur normale de Soazig, signe de tenue autant que de retenue, tel qu'elle sied à une femme du bon monde, au-delà des silences dans lesquels excelle Michel, chose normale pour un homme de cette région, une faille secrète a lézardé leur union. La rigueur catholique affichée dans tous les instants, tous les actes de la vie de Soazig, n'a rien à envier aux plus austères pratiquants des plus austères variantes du protestantisme. Éduquée, prévenue même, contre les péchés les plus mortels, ceux qui depuis l'origine de l'humanité ont été la source sinon de tous du moins de tant de maux, elle a vécu une adolescence perturbée, balançant entre une vocation religieuse et les espoirs de ses parents de la voir poursuivre et diriger la lignée de leurs descendants. Elle a fini par céder verbalement à la demande en mariage de Michel. Mais une fois la cérémonie passée, une fois la noce achevée, et depuis tout le temps écoulé depuis ce jour, elle ne lui a jamais cédé physiquement. L'eût-elle désiré que cela lui aurait été impossible. Son corps est un rempart contre le péché, contre l'inconnu, contre sa peur.

Michel aurait tellement voulu avoir des enfants.

Michel juge qu'il a suffisamment récuré les carreaux de sa paillasse. Il jette un regard circulaire, empoigne une serpillière accrochée à un séchoir mural et entreprend de faire disparaître l'excédent d'eau de lavage qui rend le sol glissant. Une fois cette tâche achevée, il va se placer derrière sa femme. Un pas sur le côté. Il voit la moitié du visage de son épouse, penché vers son ouvrage. Il tourne et retourne dans sa tête l'idée tant de fois évoquée mais jamais finalisée. Qui sait, aujourd'hui pourrait bien être le grand jour. Pendant que l'assemblée convoquée par Basilique Gagnon se déroulait, son esprit tournait à toute allure. La solution lui paraissait tellement évidente qu'il se demandait pourquoi personne ne la mentionnait. Lui-même n'osait intervenir, son épouse lui jetant épisodiquement des regards froids dont la signification, hélas, était fort claire. Ils étaient pourtant les mieux placés dans la rue pour offrir une solution au problème qui les occupait tous. Jeunes, sans enfants, une grande maison et de bons revenus, comment trouver mieux pour Adèle Bricoult ? Pourtant, comme si tous avaient la même réticence, pas une voix n'avait mentionné cette évidence. Michel en venait à se demander si ses problèmes conjugaux n'avaient pas filtré jusqu'aux oreilles de ses voisins. Comment, autrement, expliquer le fait que personne ne s'écrie : « Bon sang, mais c'est bien sûr ! » en les désignant comme parents d'adoption ? D'un autre côté, rien, il en était bien certain, ne s'était échappé des huis-clos étouffants pendant lesquels, depuis des années, il avait tenté de vaincre et de convaincre sa femme. Il faut croire que la légendaire réserve bretonne ne suffisait plus dans l'esprit de leurs voisins pour justifier leur froideur réciproque, qu'il espérait pourtant faire passer pour une simple façon d'être, extrêmement réservée, certes, mais pas synonyme pour autant de difficulté dans leur couple.

Prenant son courage à deux mains, il est sur le point de tenter, une nouvelle fois, de convaincre sa femme, comptant sur le côté exceptionnel de la situation pour lui arracher enfin une approbation tant de fois refusée. C'est à cet instant que Suzanne Langlais, leur voisine, entre dans la boutique. La grosse, l'imposante Suzanne Langlais, qui les salue d'un sourire, et se met à inspecter les étals d'un air exagérément concentré. Cela suffit à indisposer Soazig, qui range son ouvrage de crochet sous la caisse, et se met à suivre Suzanne des yeux avec l'air amical d'un cerbère affamé. Suzanne regarde les maquereaux, évalue les soles et les turbots. Elle inspecte les ouïes d'une dorade avant de plisser le nez au-dessus des blancs de seiche. Devant cette dernière mimique, Soazig ne peut se retenir et lance, d'un ton revêche :

— Il y a un problème avec la seiche ?

— Hein ? Non, non, bien sûr, répond une Suzanne soudain confuse. Non, je... je me demandais comment... Enfin, c'est à dire, je ne sais pas si...

— Si quoi ? lâche sèchement une Soazig dont l'éducation commerçante se craquelle à grande vitesse.

— Oh, eh bien je me demandais comment cuisiner ça, les seiches...

Soazig commence par se contenter d'un « Ah ! » vaguement méprisant en guise de réponse. Quelqu'un qui ignore comment apprêter des seiches ne mérite apparemment pas une grande considération de sa part. Elle se reprend néanmoins quelque peu et, d'un ton plus poli que chaleureux, ajoute :

— Ce n'est pas bien dur, pourtant. Il suffit juste de les pocher quelques minutes à l'eau salée, et ensuite de finir la cuisson à la poêle. Vous comptez les servir comment ? En hors-d'œuvre ou en plat principal ?

— Hein ? Euh, je ne sais pas, c'est à dire, c'était juste une idée comme ça…

Soazig fronce le nez sans répondre, hochant la tête avec l'air excédé de quelqu'un qui sait qu'on lui fait perdre son temps, mais qui se doit, en tant que commerçant, de faire preuve d'une grande patience. Jugeant que Suzanne ne mérite finalement pas une attention prolongée, elle ressort son ouvrage et reprend les délicats points de crochets du napperon là où elle venait de les abandonner. Suzanne, le visage rouge de confusion, se retourne vers l'aquarium pour tenter de retrouver une contenance.

C'est de cet endroit, tournant le dos aux époux Le Braz, qu'elle lance sans malice :

— Alors, et vous, qu'est-ce que vous en dites, de cette histoire ?

— Cette histoire ? répond Michel, étonné, qui a perdu le fil de ses pensées en suivant l'échange tendu entre les deux femmes. Quelle histoire ?

— Mais la petite Bricoult, bien sûr ! Son… Son « adoption ». Qu'est-ce qui serait le mieux, d'après vous ?

Michel, surpris par la question directe, reste muet. Il regarde Soazig, puis Suzanne, en plusieurs rapides allers-retours, sans pouvoir se décider à répondre. C'est finalement Soazig qui brise le silence en lançant :

— Nous, vous savez, on n'y peut pas grand-chose.

— Ah, répond Suzanne étonnée. Pourtant…

— Pourtant quoi ? rétorque Soazig. Si on n'a pas d'enfant, ce n'est pas par hasard. Et je ne me vois pas donner mon avis sur une situation à laquelle je ne connais pas grand-chose, et à laquelle je ne peux rien.

— Oh, se défend Suzanne, « pas grand chose », comme vous y allez ! Vous en savez autant que nous tous dans la rue, non ?

— Moins que ceux qui ont des enfants, répond sèchement Soazig, avec un ton qui laisse entendre que pour elle, avoir des enfants n'est pas le résultat d'un choix volontaire et honorable, mais plus probablement le simple effet d'un manque de précautions.

Suzanne, qui n'est pas sur la même longueur d'onde, met quelques instants à comprendre la teneur de la réponse de Soazig. Elle est sur le point de protester à nouveau puis se ravise, rendue prudente par la dureté de ton de Soazig, qui dépasse en froideur l'habituelle attitude glaciale de la poissonnière. Elle bat en retraite en balbutiant quelques phrases incomplètes et incompréhensibles, où il est vaguement question de foyer, de famille et de cette « pauvre petite Adèle ». Les époux le Braz gardent un silence de sphinx et Suzanne finit par se résoudre à lancer un « je vais réfléchir, pour la seiche » avant de battre en retraite et de franchir la porte de la poissonnerie avec une précipitation dont sa masse imposante ne laissait pas soupçonner la possibilité.

Michel et Soazig, restés seuls, poursuivent leur duel silencieux. Michel cherchera jusqu'au coucher une façon quelconque de parler d'adoption à Soazig sans qu'elle ne se braque. Quand elle éteindra la lumière de chevet, avant de lui tourner le dos, il devra admettre qu'il en est incapable. Encore et toujours.

Irène Montant, N° 256-A

Regagnant ses pénates avec la troupe des locataires du 256, Irène Montant ne s'attarde pas dans le hall de l'immeuble, contrairement aux autres qui comptent apparemment y poursuivre les conversations interrompues par la brusque clôture de l'assemblée qu'a imposée Basilique Gagnon. Irène est troublée et elle déteste cela. Contrairement à ce qu'elle a laissé entendre à Rosie dans l'après-midi, le message des cartes est tout sauf clair. Des influences multiples embrouillent la parole des astres. Une sorcière, qui plus est porteuse de mort, ce qu'elle n'a pas mentionné à Rosie, influera de façon bénéfique sur le sort d'Adèle. Irène a beau tourner et retourner dans son esprit la configuration des cartes, elle reste perplexe. Autant le sort de la pauvre Hélène semble scellé, l'image d'enfermement, de prison sans porte ni fenêtre que les cartes ont révélé pour son avenir ne laissant que peu d'espoir quant à ses chances de recouvrer santé mentale et liberté, autant cette sorcière lui pose un grave problème. C'est qu'elle n'a pas été capable de déterminer qui elle représentait ! Certes, elle a expliqué avec assurance à Rosie que « sorcière », dans le langage de la divination, n'a rien d'un synonyme de « vieille » ou de « maléfique ». Mais elle-même se débat dans la confusion créée dans son esprit par ces satanées cartes qui ont semblé, au gré de leurs réponses embrouillées, mêler en un même personnage deux femmes de la rue. La sorcière est-elle Basilique Gagnon, comme l'esprit simple de Rosie l'a tout de suite supposé ? C'est possible. Madame Gagnon est certes une femme de connaissance et son importance dans la solution du problème actuel est attendue, espérée de tous. D'ailleurs, elle a bien pris les choses en main à sa façon brusque et autoritaire, mais fort efficace. Pourtant les choses ne sont pas aussi limpides, car quand Irène a affiné sa divination, continué de poser des questions plus précises qu'il n'est coutume quand on tire les cartes, la réponse de ces dernières a semé la confusion dans son esprit. L'image de la sorcière s'est brouillé, comme si elle était constituée non pas d'une mais de deux femmes, aux traits parfois séparés, parfois superposés. Et cette seconde femme, cette seconde incarnation de la sorcière, Irène ne peut s'empêcher de frissonner en admettant qu'il se pourrait bien que ce soit elle-même.

Troublantes pensées pour une Irène habituée depuis toujours à jouer le rôle de la Pythie, découvrant partiellement les arcanes de l'avenir, mais toujours, toujours, d'une position extérieure, pour ne pas dire supérieure. Elle a la connaissance, ce qui la place au-dessus de ses voisins. Ce qui lui permet, du haut de son Art, de tracer les voies que le destin a dessinées pour eux, de savoir à l'avance les grandes lignes de leur vie. Mais comment parvenir à déchiffrer les brumes de l'avenir quand c'est son propre visage qu'elles se mettent à découvrir ? Les volutes tournoyantes des possibles sont déjà bien assez complexes quand on essaye d'y déchiffrer la destinée des autres ; se trouver soi-même acteur de la danse des futurs empêche toute efficacité et toute objectivité dans la divination. En cartomancie comme en psychanalyse, la position extérieure du « sachant » est essentielle. C'est une règle d'or, connue de tous les initiés. Et pour la première fois depuis qu'elle s'est investie dans ces Arts, Irène se demande quoi faire, que penser. Ses certitudes chancellent. Il lui faut savoir.

Irène décide que les grands moyens sont de mise. Ceux qu'elle évite autant qu'elle le peut, sachant trop bien les risques qu'ils comportent. Risques légaux et médicaux. Risques aussi pour sa santé mentale. Avec un soupir, elle se dit que, d'une certaine façon, elle n'a pas le choix. Elle agit sous la contrainte d'un avenir qui se montre si embrouillé qu'elle se doit de l'éclaircir, coûte que coûte. Même si le prix à payer est élevé, la situation actuelle est d'une gravité et d'une urgence qui ne souffrent pas de tergiversation de sa part. Avec un nouveau soupir, elle ouvre la commode qui contient ses ustensiles de divination. Tout au fond, à peine visible, un sachet de toile brune est à demi-caché par un jeu de tarots de Marseille. Irène saisit le sachet entre deux doigts, l'extrait du meuble avec précaution, comme s'il s'agissait d'un explosif instable. Elle se rend à la cuisine, met de l'eau à bouillir. Quelques minutes plus tard, le sifflement de la bouilloire la sort de sa rêverie morose. Elle empoigne le récipient, remplit une théière de fonte noircie par les ans. Elle ouvre enfin le sachet de toile, défaisant fébrilement le lien de raphia qui le ferme. Puis elle saisit une grosse pincée des feuilles sèches qui l'emplissent, et les émiette dans la théière. Une odeur forte, poivrée, s'échappe de l'infusion. Irène pose la théière sur le guéridon de son salon, puis va se changer. Elle se met nue, ne conservant aucun vêtement, sous-vêtement ou bijou d'aucune sorte. Puis elle enfile une longue aube blanche, pourvue d'une cagoule qu'elle rabat sur sa chevelure. Elle retourne dans le salon et obture les fenêtres de leurs lourds rideaux de velours fané. Dans la quasi-obscurité qui règne alors dans la pièce, elle allume les grosses bougies disposées en triangle sur le guéridon. Enfin, elle prend un bol de terre cuite dans la commode, referme la porte de cette dernière avec un soupir supplémentaire. Puis elle va s'installer dans son fauteuil, face au guéridon et aux bougies dont la flamme vacille au gré de ses déplacements dans la pièce. Elle se verse un bol plein de l'infusion maintenant prête et le porte à ses lèvres. Après une grande inspiration, elle en avale d'un trait le contenu brûlant. Elle se renverse alors sur le fauteuil, ferme les yeux et attend les visions.

Au terme de longues minutes pendant lesquelles le seul bruit audible est le tic-tac de la grande horloge franc-comtoise qui orne un coin de la pièce, la respiration d'Irène change peu à peu de rythme. Plus profonde, plus rapide, elle évolue au gré des images folles qui envahissent petit à petit sa vision intérieure. Des images fortes, dérangeantes, effrayantes, même. Irène se tortille dans son fauteuil, ses mains battent l'air devant elle en des gestes de défense, de dénégation. Elle halète, comme un chien essoufflé après une longue course, comme une femme aux prises avec les douleurs de l'enfantement. C'est d'ailleurs bien une naissance qu'elle cherche. La mise au monde d'une vérité, d'un futur qui lui échappe. Et Irène paye de sa personne, de son confort, pour qu'enfin la clarté se fasse dans son esprit. Pour qu'enfin elle sache et puisse agir sans risquer d'aller contre la volonté des astres.

Le souffle d'Irène se fait rauque, ses halètements augmentent encore leur cadence. Dans un état maintenant fort éloigné de la conscience, elle a saisi les accoudoirs de son fauteuil et les serre comme si elle voulait les briser. Bientôt elle balbutie des mots sans suite, sans signification. Comme une écume qui émergerait par instant sur les vagues de son combat contre sa drogue divinatoire. Elle parle, elle crie, même. Sans témoin pour l'assister, sans soutien possible s'il fallait que la séance tourne mal. Il faut qu'elle sache ! Dans son esprit perdu au beau milieu d'un maelström de bruits, de formes et de couleurs démentes, une seule idée la guide et la soutient, la force à s'accrocher au-delà du raisonnable à son objectif, son but, sa quête. Elle veut, elle doit savoir.

Des images folles s'imposent. Elle se voit avancer dans la rue des petits péchés. Elle sent que quelque chose cloche, mais cela lui prend un long moment pour se rendre compte de ce dont il s'agit : tout est plus petit ! Les maisons semblent rétrécies, et même les voisins qu'elle croise paraissent être des nabots. À moins… À moins qu'elle-même ne soit plus grande que nature ? Oui, c'est sûrement cela. Et à l'instant où elle s'en persuade, un sentiment d'urgence la prend. Elle doit au plus vite trouver Adèle. Pourquoi ? Elle n'en sait rien. Pas plus qu'elle ne sait pourquoi elle est en train de courir vers l'avenue du Gobétue, et non vers le 256, où pourtant Adèle a de bonnes chances de se trouver, aux bons soins d'Hélène. Soudain la scène change, sans transition. Elle est dans un hallier dense, touffu, dans lequel elle progresse à grand peine. Elle entend des cris d'enfants, des hurlements, plutôt. Et une voix d'homme, rauque, haletante. Une voix menaçante dans laquelle elle croit reconnaître celle de Siméon Toulier. Les branches lui égratignent le visage, s'accrochant à ses bras, à ses pieds, comme douées d'une vie propre et du désir de retarder au maximum sa progression. Irène souffle, souffre, se sent oppressée au point qu'elle craint que son cœur ne l'abandonne, mais elle ne renonce pas. Branche après branche, centimètre après centimètre, elle avance dans la direction des cris.

Soudain, au moment où les branchages disparaissent comme par magie, elle bascule et tombe en avant, s'écorchant sur une herbe rêche, urticante. Elle se relève aussitôt et voit qu'elle n'est pas seule, dans la clairière où elle vient d'entrer. À sa droite, adossée à un chêne imposant, Adèle semble vouloir disparaître dans le tronc. Face à l'enfant, – tournant le dos à Irène, un homme. Siméon ? Elle n'en est pas certaine. Enfin, à sa gauche, installée à un bureau de métal pour le moins incongru, Basilique Gagnon, qui compulse une épaisse liasse de papier en répétant sans cesse : « Il n'y est pas. C'est dramatique, il est manquant. J'ai beau vérifier et revérifier, il n'est pas là. » Décontenancée, Irène – qui semble avoir repris sa taille normale – ne sait trop que faire. Mais l'homme fait un pas en avant, et Adèle se tasse encore un peu plus contre le tronc, poussant un ténu gémissement de terreur qui serre le cœur d'Irène. Elle voudrait crier « Arrêtez ! Laissez-la donc tranquille ! » mais sa langue est paralysée, ses lèvres aussi closes qu'un coffre-fort. Quand elle veut tendre le bras vers l'individu, elle s'aperçoit que c'est son corps tout entier qui est de pierre.

Un vent chaud et piquant se met à souffler. Il sent le soufre et la poussière, le brûlé et la pourriture. Les feuilles commencent à voler, envahissent bientôt son champ de vision d'un ballet tournoyant qui n'en finit pas. Elle entend crier avec terreur : « Non ! NON ! » et pense aussitôt : « Adèle, » avant d'éclater d'un rire nerveux. C'est une voix d'homme, et non d'enfant, qui vient de hurler. Si la terreur s'est emparée de quelqu'un, ce n'est pas d'Adèle, mais de celui qui la menaçait. Elle rit, rit sans pouvoir s'arrêter, et son rire sonne comme une menace à ses propres oreilles. Puis le bruit du vent augmente encore, rugissement croissant jusqu'à l'impossible. Elle croit entendre la voix de madame Gagnon crier, calme et sentencieuse, comme si cela pouvait être compatible avec un hurlement : « C'est toi qui sais, Irène. C'est toi qui sais. » Puis, après un temps d'arrêt donnant encore plus de puissance à l'ordre qui suit : « Parle ! »

Au bord de l'asphyxie par excès d'oxygène, le corps d'Irène se tend, s'arque. Les bras du fauteuil font entendre un craquement pitoyable, comme s'ils allaient se briser d'un instant à l'autre. Mais la tension cesse d'un seul coup et Irène s'effondre, poupée de chiffon pathétique dans sa robe de druidesse. Ses yeux sont clos, sa respiration est maintenant imperceptible. Mais sa bouche continue de se crisper spasmodiquement pendant de longues minutes.

Jocelyne Martin, N° 256-C

Laurène Becker, la responsable du bureau d'assistance sociale, approche de l'entrée du N° 256. C'est une grande femme à l'air sévère, chignon serré de cheveux bruns, lunettes à montures métalliques et tailleur strict, bleu nuit. Elle marche à petits pas pressés, le regard fixé sur le trottoir où claquent ses chaussures à talons carrés. Laurène Becker est une fonctionnaire consciencieuse, stricte mais juste, qui a toujours eu foi en sa vocation. Une vocation qui lui vient de sa mère, une ample matrone au cœur aussi vaste que la poitrine, qui régnait avec bonhomie sur une nombreuse famille : sept enfants, dont trois adoptés, Laurène faisant d'ailleurs partie de ces derniers. Josépha Becker n'avait jamais fait de différence entre ses rejetons, qui lui vouaient sans exception un amour confinant à la dévotion. Laurène, adoptée à la prime enfance, n'avait d'autres souvenirs que ceux vécus dans l'ombre tutélaire de la plantureuse Josépha, et n'avait pris que très tardivement conscience de sa filiation particulière, sans que cela lui cause d'ailleurs le moindre trouble. Devenue adulte, son orientation professionnelle n'avait souffert aucun doute : elle s'occuperait d'enfants dans le besoin. Elle tenterait d'apporter à ces innocentes victimes des drames de la vie un peu de la chance qu'elle-même avait eue en étant recueillie par Josépha Becker. Mais pas de la même manière, sûrement pas par l'adoption. Car Laurène, à l'opposé de sa mère, a toujours répugné aux contacts et aux démonstrations physiques de tendresse.

Aussi, depuis près de vingt ans, c'est dans les rangs de l'Assistance Publique qu'elle vit son sacerdoce, à la grande joie et à l'immense fierté de sa maintenant défunte mère. La perte de cette dernière, deux mois plus tôt, a sans conteste été le plus grand chagrin qu'ait connu Laurène. Foudroyée par un imprévisible anévrisme cérébral, Josépha Becker s'était abattue sans un mot, tandis qu'elle faisait ses courses, tel un chêne frappé par l'éclair. Le médecin de Josépha, annonçant par téléphone la terrible nouvelle à Laurène, avait tenté de mettre un peu de baume au cœur de cette dernière en lui confiant que sa mère, probablement morte avant même d'avoir touché le sol, n'avait certainement pas eu le temps de souffrir. Piètre consolation pour une si terrible perte…

Laurène avait alors vécu quelques semaines difficiles, perdant le sommeil et l'appétit. Mais ses responsabilités envers les enfants avaient constitué le meilleur des remèdes. Elle n'avait pas le temps de s'apitoyer sur elle-même, s'était-elle dit. Pas le temps de se laisser aller à pleurer sa mère. Il fallait qu'elle se reprenne. Ce serait même la meilleure façon de rendre hommage à la disparue et à son amour sans borne des enfants. Alors Laurène avait repris le travail, retrouvé ses collègues, supporté une dernière série de condoléances. Et tel qu'elle l'avait espéré, ses tâches administratives s'étaient révélées un excellent antidote à son chagrin.

Aujourd'hui, elle intervient dans une situation d'urgence : le dossier Bricoult. Une pauvre enfant, ayant perdu son frère et son père en quelques semaines, et dont la mère n'était sans doute pas près de pouvoir à nouveau s'occuper. Une orpheline ou peu s'en faut. « Une orpheline… comme moi, en quelque sorte, » pense Laurène Becker, une brume au coin de l'œil, en entrant dans la rue des petits péchés.

Elle croise Jocelyne Martin dans l'entrée du 256. Avec un sourire calibré et froid, elle l'aborde :

— Excusez-moi. Je cherche l'appartement de la famille Bricoult.

Jocelyne reste un instant silencieuse, les yeux papillotant. Puis elle tente de se reprendre.

— De la… Ah… C'est-à-dire qu'ils ne sont pas là.

— Je sais. Je me présente : Laurène Becker, Assistance Sociale. En fait, c'est Adèle Bricoult que je voudrais voir. Ainsi que les personnes qui s'en occupent, bien sûr.

— Adèle ? Oui, euh, c'est-à-dire que son père…

— Est mort. Je sais. Et sa mère est hospitalisée pour une durée indéterminée. C'est pour ça que je suis là, madame…

— Hein ? Heu, Martin. Jocelyne Martin. Appartement C.

— Eh bien, madame Martin, pourriez-vous me renseigner ? demande l'assistante sociale, une pointe d'énervement dans la voix.

— Vous renseigner ? Mais bien sûr, bien sûr. Qu'est-ce que vous voulez savoir ?

— L'endroit où je peux voir Adèle Bricoult, je viens de vous le dire.

Cette fois, l'exaspération n'est plus dissimulée et fait se recroqueviller Jocelyne Martin sur elle-même. Une Jocelyne Martin qui se sent soudain comme une élève prise en faute par le surveillant général. « Déjà ! » pense-t-elle avec panique. « Alors qu'on n'a eu le temps de rien mettre au point ! C'est une catastrophe ! » Elle bredouille quelques mots incompréhensibles en se tordant les mains, et devant l'impatience de plus en plus grande de Laurène Becker, elle commence à parler sans même savoir ce qu'elle va dire.

— Elle est chez les Bosco. Fernando et Aline Bosco. Appartement H.

Et comme Laurène Becker amorce un pas pour la contourner et se diriger vers l'escalier, elle ajoute précipitamment :

— Mais ils ne sont pas là ! Ce… Ce n'est pas la peine de monter, ils sont absents.

Laurène Becker se fige sur place et regarde à nouveau Jocelyne Martin avec un regard glaçant.

— Ils ne sont pas là ?

— Non.

— Et où sont-ils, s'il vous plait ?

— Je… Je ne sais pas.

— Vous ne savez pas ?

— Non. Enfin, pas exactement. Ils…

Jocelyne s'interrompt à nouveau et cherche dans l'urgence ce qu'elle va bien pouvoir dire pour justifier le mensonge qui vient de lui échapper. En fermant les yeux, elle se lance :

— Ils ont décidé ce matin d'aller se promener en forêt. Pour changer les idées de la petite, j'imagine.

Entendant cela, Laurène Becker affiche un air déçu et mécontent. Elle ne peut cependant faire plus : la décision de passer rue des petits péchés aujourd'hui est la sienne. Vu ce qui lui apparaissait comme une urgence dépassant les paperasses bureaucratiques habituelles, elle avait décidé de manière impromptue d'aller se rendre compte par elle-même de la situation de cette pauvre enfant, cette quasi-orpheline, perdant ses deux parents dans la même terrible nuit. Laurène

Becker est sèche, pointilleuse quant aux règlements, avare de démonstration d'affection. C'est plus fort qu'elle, cela lui répugne quand un enfant pleurant, bavant, morveux tente quelque approche dans sa direction. L'amour que Laurène Becker porte aux enfants la conduit à rechercher pour eux la meilleure vie possible, en fonction des contraintes familiales, sociales et légales. Rechercher et mettre en place. Mais en aucun cas à se compromettre personnellement ! Elle est, et doit rester, une fonctionnaire efficace. Pour être efficace, il faut être objectif. Et pour être objectif, il faut combattre comme la peste les attachements sentimentaux personnels. Elle évite d'ailleurs autant qu'elle le peut de prononcer le prénom des enfants qu'elle suit dans le cadre de son travail : « l'enfant » pour en parler aux adultes, « jeune homme » ou « jeune fille », quel que soit leur âge, quand elle doit s'adresser directement à eux.

Laurène est sur le point de faire demi-tour, se maudissant elle-même de n'avoir pas fait précéder sa visite d'un avis de passage valant consignation à domicile pour ses destinataires. Changeant d'avis, elle fait de nouveau face à Jocelyne et, ressortant son sourire professionnel, l'interpelle :

— Dites-moi, vous avez sans doute quelques instants à me consacrer ? Je peux vous poser quelques questions ? Ça évitera que je sois venue pour rien.

— Des questions ? Euh, oui, bien sûr. Quelles questions ?

— Par exemple, qui sont ces « Bosco » ? De la famille ? Des voisins ?

— Des... Des voisins. Juste des voisins.

— Donc Adèle ne va pas rester chez eux, n'est-ce pas ? Je m'étonne d'ailleurs qu'elle y soit toujours. Comment se fait-il qu'elle ne soit pas partie avec sa mère ?

— À l'hôpital ? Mais... elle n'avait rien !

— Je sais, évidemment. Mais il n'empêche, les intervenants auraient dû s'occuper d'elle... Je me demande pourquoi ils ne l'ont pas fait, ajoute-t-elle, songeuse.

Jocelyne est sur le point de lui rétorquer que s'ils ne se sont pas inquiétés d'Adèle, c'est probablement qu'ils en ignoraient l'existence. Vu l'efficacité sans faille des voisins pour tout prendre en charge avant même l'arrivée des ambulances, Adèle était déjà recouchée chez les Bosco avant même que sa mère ne soit allongée sur une civière, en route vers une cure intensive d'antidépresseurs. Mais Jocelyne n'est pas bête, et si l'affrontement avec l'assistante sociale lui donne des sueurs froides, elle ne perd pas toute lucidité pour autant. Il faut qu'elle en dise le moins possible, elle en est bien consciente. Sans paraître cacher quelque chose pour autant, ce qui n'est pas une mince affaire. Elle s'applique donc à avoir l'air soumise, désireuse de rendre service. Et muette.

Laurène Becker insiste néanmoins. Cessant de se questionner sur le pourquoi des ratés administratifs dans lesquels elle voit la raison de la présence – ou plutôt, en ce moment, de l'absence – d'Adèle chez les Bosco, elle revient à la charge :

> — Et ces voisins Bosco, ils vont rentrer quand ? Vous le savez ?

> — Euh, non… Ils ne me l'ont pas dit. D'ailleurs, je ne les ai pas vus partir.

> — Ah ? Alors comment savez-vous qu'ils sont partis en forêt ? demande Laurène Becker, soudain soupçonneuse.

> — C'est… C'est quelqu'un de l'immeuble qui me l'a dit. Je ne sais plus qui.

Laurène Becker laisse le silence se prolonger, comptant sur ses vertus comme auxiliaire d'interrogatoire. Mais Jocelyne a repris contrôle d'elle-même, et regarde maintenant Laurène droit dans les yeux. C'est cette dernière qui s'avoue vaincue et détourne le regard.

> — Donc vous ne savez pas quand ils rentreront ?

> — Non, je suis désolée. Ils sont partis assez tôt ce matin, c'est tout ce que je peux vous dire. Mais je peux leur transmettre un message, si vous voulez.

« Je n'en doute pas » se dit entre ses dents, pour elle-même, Laurène Becker.

> — Oui, je veux bien. Dites leur que je passerai demain en fin de matinée. J'espère bien qu'ils seront là, conclut-elle de son ton le plus officiel.

> — Je leur dirai. Sans faute. Et… S'ils ne rentrent pas ce soir ?

> — C'est possible ?

> — Mais… je n'en sais rien ! Oui, j'imagine.

> — Eh bien, prévenez-moi demain matin. Avant 9 h 30, s'il vous plaît. Tenez, voici ma carte.

Jocelyne saisit la carte professionnelle avec précaution, comme s'il s'agissait d'un objet particulièrement fragile. Au moment où Laurène Becker va tourner les talons, Jocelyne voit avec crainte Julien Lambert déboucher dans l'escalier. Craignant qu'une indiscrétion ou une parole irréfléchie de sa part ne déclenche la catastrophe, elle se tourne vers lui en lui disant d'un ton enjoué qui sonne particulièrement faux :

> — Ah, Julien ! Madame – elle consulte la carte – madame Becker, de l'Assistance Sociale, est venue voir Adèle. Mais je lui ai dit que les Bosco étaient partis se promener en forêt ce matin. Sauriez-vous quand ils vont rentrer ?

Julien, mal réveillé après une nuit écourtée, se fige.

> — L'Assistance ? Sociale ?

— Oui, vous savez, pour Adèle. Alors, vous savez quand ils rentrent ?

— Non, non, bredouille Julien. Je… Je ne les ai pas vus partir.

— Ah ? Tant pis, lâche Jocelyne, ravie.

Mais à son grand effroi, Julien ajoute :

— En fait, je ne les ai pas vus depuis la réunion, hier.

— La réunion ? Quelle réunion ? demande Laurène Becker en s'approchant de Julien, intriguée.

— Une… la réunion de copropriétaires. Pour l'immeuble, vous savez, répond Jocelyne en serrant les poings sans même s'en rendre compte.

— Ah. Je vois.

Laurène Becker regarde le nouvel arrivant d'un œil sévère. Le regard fuyant, une mèche rebelle au peigne dressée sur le sommet du crâne. D'ailleurs le peigne n'a pas dû beaucoup lui servir, aujourd'hui. « Plutôt louche, » juge-t-elle. Cependant, en l'absence d'autre possibilité, elle fait demi-tour en hochant la tête. Arrivée à la porte de l'immeuble, elle se retourne, la main sur la poignée, et précède sa sortie d'un dernier :

— Vous le leur dites ou vous me prévenez, hein ? Vous n'oublierez pas ?

— Je vous le promets ! répond Jocelyne.

Adèle Bricoult, N° 256-H

Adèle est assise sur le matelas installé au sol, dans la chambre des garçons Bosco. Elle berce d'un air absent sa poupée préférée, celle qu'elle aime tant, depuis si longtemps, en dépit de son allure maintenant défraîchie. Elle fredonne à voix basse une mélodie sans paroles, dans une tonalité mélancolique faisant naître un désagréable frisson dans le dos d'Hélène Bosco, qui la regarde depuis la porte de la chambre. Hélène s'inquiète, bien qu'Adèle fasse preuve d'un calme et d'une sérénité remarquables. De fait, c'est justement cela qui l'inquiète. Cela ne lui paraît pas naturel que la petite supporte les terribles événements qu'elle a vécus avec une si apparente facilité, alors même qu'elle est bien trop brillante et avancée pour son âge pour ne pas se rendre compte de leur gravité. Et si, s'interroge Hélène, loin de montrer qu'Adèle supporte avec courage et sérénité ce qui lui arrive, ce calme était la marque d'un repli sur elle-même, d'une réaction autiste ?

Hélène ne peut alors s'empêcher de se demander avec inquiétude si Adèle a été affligée par la roulette génétique de la même fragilité que sa mère.

Elle fait un pas de plus et demande du ton le plus anodin qu'elle peut :

— Adèle ? Ça va, ma puce ?

La fillette tourne la tête et la regarde de ses grands yeux clairs. Une ombre de sourire parcourt ses lèvres, puis elle hoche la tête en une affirmation silencieuse avant de retourner à la contemplation de sa poupée. Hélène sent sa gorge se serrer alors que le silence se réinstalle dans la chambre. Les garçons sont hypnotisés par le téléviseur qui diffuse un dessin animé dont on entend les voix criardes, mal étouffées par les murs minces.

— Madame Bosco ? demande Adèle tout à trac.

— Oui ? Qu'est-ce qu'il y a, ma puce ?

— Vous… Vous pouvez ne pas m'appeler « ma puce » ? S'il vous plaît. C'est Maman qui m'appelle comme ça et je préfère que…

Sa voix s'éteint d'une façon qui fait comprendre qu'en dépit de son air neutre, sa gorge est serrée. Hélène rougit et porte la main à sa bouche avant de lâcher d'un ton confus :

— Oh ! Mais bien sûr ma p… ma chérie. Bien sûr. Je comprends. Excuse-moi.

— Ce n'est pas grave, vous ne pouviez pas savoir, répond Adèle. Vous avez des nouvelles ?

— De ta mère ? Non, enfin rien de neuf. Elle est en cure de sommeil, le temps de… Tu sais, ça risque de durer quelques jours, quelques semaines. Jusqu'à ce qu'elle soit suffisamment rétablie.

— Une cure de sommeil ? Qu'est-ce que c'est exactement ? demande Adèle. Une fois, à l'école, il y a une fille qui est partie faire une cure en montagne. Pour soigner son asthme. Elle appelait ça une « cure thermale », et elle nous a expliqué quand elle est revenue qu'elle devait boire beaucoup d'eau. Une eau particulière. Une cure de sommeil…

— Ça veut dire qu'elle dort tout le temps, explique Hélène d'un ton qu'elle s'efforce de rendre anodin. On lui donne des somnifères, des calmants, pour qu'elle se repose vraiment longtemps, et le plus profondément possible.

Adèle lève alors les yeux vers le plafond avec l'air de quelqu'un qui s'interroge. Puis, plus pour elle-même qu'en posant vraiment la question, elle lance :

— Alors si elle dort tout le temps, elle doit rêver beaucoup. C'est bien. Enfin, si ce n'est pas des cauchemars, évidemment.

— Ne t'inquiète pas, s'empresse d'intervenir Hélène. Quand quelqu'un fait une cure de sommeil, il ne peut pas faire de cauchemars. On lui donne des médicaments pour empêcher que ça ne se produise.

— Ah ! C'est bien, alors. Mais… Vous croyez qu'on peut quand même rêver ?

— Rêver ? Je ne sais pas. Je pense que oui. Mais juste des rêves calmes, reposants. C'est ce qu'il faut à ta mère, je te l'ai dit : beaucoup de repos.

— Mmmhhh, fait alors Adèle, hochant de nouveau la tête. Et en attendant qu'elle revienne, je vais pouvoir rester habiter ici, dans la rue ?

Hélène s'empresse de la rassurer

— Mais oui ma p… mon poussin. Ne t'inquiète pas de ça, tout le monde ici va s'occuper de toi. Tu resteras ici, en attendant le retour de ta maman.

Le silence revient dans la chambre, et Hélène n'ose le rompre. Au bout d'un long moment, elle se décide finalement à s'asseoir avec l'enfant, tout en lui demandant :

— Tu veux bien ?

Devant le nouveau hochement de tête d'Adèle, elle s'installe tout à côté et tend la main vers les boucles de la fillette, qu'elle caresse doucement.

— Tu es sûre que ça va ? Tu sais, s'il y a quoique ce soit, tu peux me demander, n'hésite pas.

— Comme quoi ?

— Mais… Je ne sais pas, moi. Si tu as besoin de quelque chose ou si tu veux parler. Ou si ça ne va pas, même si tu ne veux pas ou ne peux pas en parler. Parfois, ça fait du bien de ne pas rester seule.

— Merci, répond Adèle, avec dans la voix une maturité qui fait frémir Hélène. Je sais que… J'espère que Maman va bien se reposer et qu'elle reviendra vite. Elle me dit souvent que quand on se sent triste, il ne faut pas se retenir de pleurer si on a envie. Mais qu'il faut toujours se rappeler que ça ne dure pas et qu'à un moment ou un autre, les choses finissent toujours par s'arranger. Vous le croyez, vous, que les choses finissent toujours par s'arranger ?

Devinant la supplique désespérée qui pointe derrière la question d'Adèle, Hélène sent ses yeux s'embuer. Et pour ne pas montrer son désarroi à la petite, elle la serre dans ses bras, se donnant quelques secondes de répit avant de répondre d'une voix qu'elle espère convaincue :

— Oui, elle a tout à fait raison, ta maman. Parfois c'est rapide et parfois cela prend plus de temps, mais les bons moments finissent toujours par revenir.

Adèle reste un moment silencieuse puis, d'une voix tremblante, elle murmure :

— J'espère que ça va s'arranger pour Maman. J'espère qu'elle va revenir. Parce que Papa, lui, c'est sûr qu'il... qu'il ne reviendra pas.

Sur ces dernières paroles, elle éclate en sanglot et se jette contre Hélène, se serrant du plus fort qu'elle le peut contre sa poitrine. Hélène répond à son étreinte et lui murmure des mots sans grande signification, simple murmure apaisant qui vise autant à calmer la fillette qu'à lui éviter elle-même de pleurer. Au terme de plusieurs minutes de hoquets décroissants, Adèle finit par se calmer. Elles restent encore un long moment silencieuses, blotties l'une contre l'autre. Et Hélène ne peut s'empêcher de penser que c'est peut-être l'enfant qui est en train de consoler et de soutenir l'adulte autant que le contraire. Finalement, Adèle se redresse et s'écarte un peu d'Hélène. Elle pousse un dernier soupir, puis reprend sa poupée et entreprend d'ajuster la tenue du jouet. Elle se remet à fredonner, mais la mélodie a changé, et Hélène reconnaît une comptine enfantine, dont elle a oublié les paroles mais qui lui remet en mémoire des images de saut à la corde, dans la cour de récréation de l'école de son enfance.

Soudain, le son du téléviseur est coupé et on entend Éric, criant depuis le salon :

— Adèle ? Tu viens ? On va jouer à la fontaine !

Adèle tourne la tête vers la porte, puis vers Hélène, avec un air interrogateur. Cette dernière acquiesce et la libère de son étreinte protectrice. Abandonnant la poupée sur le lit, Adèle sort rapidement de la chambre, et va rejoindre les garçons.

Hélène se tamponne le coin des yeux de son mouchoir avec un sourire soulagé.

Basilique Gagnon, N° 152

À peine Laurène Becker a-elle tourné le coin de la rue que Jocelyne Martin se précipite au 152, abandonnant dans le hall de l'immeuble un Julien qui tente encore de comprendre à quoi il vient d'assister. Jocelyne se dépêche de remonter la rue pour aller prévenir Basilique Gagnon du péril. Elle trouve cette dernière en plein jardinage, si l'on peut qualifier ainsi le fait d'arracher quelques mauvaises herbes dans cette jungle exubérante.

— Madame Gagnon, ils sont là ! Ils sont déjà là !

— Qui ça, ma petite ?

— L'administration ! L'assistance sociale vient de passer ! Et elle cherchait Adèle !

— Oh ! Elle l'a vue ?

— Non, vous pensez bien ! J'ai préféré ne prendre aucun risque, je leur ai dit que les Bosco étaient partis en forêt, pour changer les idées de la petite.

— Excellente idée, ça ! Bravo, Jocelyne. Ça va nous laisser un peu de temps supplémentaire. Jusqu'à quand, d'ailleurs ? Cette femme, elle a dit quand elle comptait revenir ?

— Demain matin. En fin de matinée.

Entendant cela, le visage de Basilique Gagnon s'assombrit. Si vite ! Comment allaient-ils arriver à mettre au point une solution en si peu de temps ? « Bah, nécessité fait loi » conclut-elle pour se convaincre qu'ils y parviendront.

— Je vais vous demander un service, ma petite.

— Bien sûr, madame. Qu'est-ce que je peux faire ?

— Mes jambes ne sont plus ce qu'elles étaient, question gambades. Allez donc demander aux frères Zonntag de passer ici au plus vite. Et à Moïse Blumstein aussi. Vous pouvez faire ça pour moi ?

— Bien sûr, madame. J'y vais tout de suite, répond Jocelyne en s'éclipsant dans l'instant.

Pendant que Jocelyne joue les messagers, Basilique Gagnon passe en revue l'embryon de solution évoquée la veille. Il s'agit maintenant de passer à la vitesse supérieure, car ils sont pressés par le temps. Il faut, avant demain matin, avoir bâti une défense assez convaincante pour parvenir à sauver Adèle du triste sort qui la menace. Convaincre Moïse, elle ne doute pas que ce soit possible, surtout avec l'aide surprenante mais bienvenue des frères Zonntag. Mais il faut aussi trouver qui les faux papiers vont concerner. Les Le Braz ? Suzanne Langlais ? Les Guigot ? Après tout, se dit-elle, il faut faire feu de tout bois. D'autant que les heureux élus qu'ils choisiront devront encore être convaincus d'accepter « l'adoption ».

Autant prévoir des solutions de secours, même si elles ne sont pas idéales. Elle continue de faire défiler dans son esprit les différents candidats à la parenté d'Adèle. Elle est même sur le point d'ajouter Rosie Lefébure à sa liste – après tout, on ne fait pas passer de test d'intelligence pour autoriser les grossesses – mais la raye aussitôt. Le choix est donc restreint, les critères subjectifs retenus par Basilique Gagnon ne qualifiant personne d'autre que les trois foyers qu'elle a commencé par énumérer.

Elle est encore perdue dans ses pensées quand les frères Zonntag arrivent. Elle leur résume rapidement la situation, et bientôt ils sont trois à se gratter le menton, fixant le sol embroussaillé comme s'ils allaient y trouver une solution. Lorsque Moïse se montre enfin, Basilique Gagnon prend la parole.

— Moïse, on ne va pas perdre de temps, l'heure est grave.

— Mais… Comment…

— L'administration a été bien plus rapide à réagir que je ne l'espérais. Une assistante sociale vient de passer. Elle revient demain. Il nous faut ces papiers. Demain.

— Les… les faux ?

— Les papiers, répond Basilique, imperturbable.

Moïse baisse les yeux, ne sachant visiblement quelle contenance adopter. Avec un à-propos exceptionnel, Ulrich

Zonntag entame une longue diatribe dans laquelle le seul mot que Basilique Gagnon croit reconnaître est « goulag », prononcé avec un curieux « s » précédant le « g » final. Moïse soudain rétorque quelque chose en yiddish, d'un ton scandalisé, mais Ulrich ne se laisse pas interrompre et martèle ses propos en tapant du poing dans son autre main, tenue paume ouverte vers le plafond. Quand il se tait enfin, les deux hommes se fixent, arborant le même air courroucé.

Moïse est le premier à rompre ce bref silence :

— C'est illékal, Ulrich !

— Helfen, Moshe. Juste aiter. Et celle qui a pesoin de ton aite, c'est…

— Mais c'est illékal, l'interrompt Moïse, qui n'en démord pas.

— Et alors ? Tu n'en a pas téjà fait, tes choses illégales ? Pour aiter tes gens ?

— Mais c'était tifférent ! C'était la Russie.

— Et alors ? Aiter les gens, en quoi ça change selon le pays ?

— Mais…

— Tu connais la situation, Moshe, renchérit Harro. Tu peux aiter. Tu tois aiter !

— Mais…

— C'est une enfant !

Moïse se ratatine sur lui-même, se bat contre des pulsions contradictoires. Son confort affronte sa morale, l'un et l'autre noués et luttant dans une étreinte sans solution. Bien sûr qu'il comprend la situation. Évidemment qu'il sait que l'intervention de l'Assistance Sociale a toutes les chances d'être nuisible. Mais sa vie, depuis toutes ses années, est basée sur une loi sacrée : « La loi tu respecteras, dans ses moindres détails, les autorités tu éviteras, pour ta sauvegarde. » Il n'y a pas dérogé, pendant ses décennies de vie d'immigrant, et il s'en est toujours bien porté. Les angoisses qu'il a vécues pendant ce qui n'était rien d'autre qu'une évasion interminable de l'Union soviétique, loin d'avoir été adoucies par les années, lui causent encore parfois des réveils en sursaut, le cœur battant la chamade, persuadé qu'une main accusatrice va dans l'instant se poser sur son épaule. Replonger dans de telles affres ne lui dit vraiment rien qui vaille. Oh, il sait bien que le pays où il vit maintenant n'a rien à voir avec la dictature de la Russie communiste, mais il ne peut empêcher ses jambes de trembler à la simple évocation d'un faux document. Et pourtant, cette petite Adèle, c'est certain qu'elle ne mérite pas de voir sa vie gâchée de pareille manière...

Sans relever la tête, il jette un regard circulaire à la cantonade, cherchant une solution à travers ses sourcils broussailleux. Il sait que la solution doit venir de lui et de personne d'autre.

Comme figé dans ses contradictions, Moïse ne dit plus rien. Visiblement, son esprit tourne à toute allure et Basilique prend le pari de ne pas interrompre cette cogitation. Elle se contente de le fixer d'un air qu'elle espère encourageant. Enfin, au terme d'une attente interminable, ayant vaincu ses démons et ses craintes, il finit par lancer un « t'accord » plus résigné qu'enthousiaste.

Basilique pousse un soupir qui lui paraît aussi long que sa vie. Les frères Zonntag, efficaces autant qu'imperturbables, prennent providentiellement le relais d'une Basilique Gagnon, le cœur palpitant d'avoir enfin, et si aisément, franchi ce premier écueil. Les explications des frères Zonntag ne sont pas terminées pour autant. Ils pressent Moïse de questions sur un ton d'urgence qui ne souffre aucune manœuvre dilatoire et ce dernier y répond par monosyllabes en allemand ou en yiddish, obéissant à défaut d'être ravi. Le briefing des jumeaux dure encore de longues minutes, avant que Moïse ne l'interrompe en disant : « T'accord, t'accord. Ché du trafail, » et de quitter les lieux sans cérémonie.

Les frères Zonntag restent un instant, échangeant des regards énigmatiques avec Basilique, avant de prendre congé sur un « on a aussi à faire » éructé par Harro sur un ton d'excuse. Basilique Gagnon reste seule avec ses craintes, pas complètement convaincue que leur gambit soit gagnant.

Au temps qui passe, N° 135

Dans le café « Au temps qui passe », au moment où y entrent les frères Zonntag, le décor est habituel. Marcel Pinchon est derrière son bar, se livrant à son occupation principale : essuyer des verres. Dans un coin, Julien Lambert est en train de parcourir ses offres d'emploi, l'air désabusé, tournant le dos à Siméon qui sirote une bière, seul à sa table, en lisant le cahier sport d'un journal. Enfin, entorse à la norme mais qui menace de devenir une habitude, Fidèle Rochart, lippe pendante, est appuyé, pour ne pas dire affalé, contre l'extrémité du bar. Les deux frères s'installent à leur table habituelle et échangent un regard entendu : c'est décidé, ils vont agir. Ils ne sont pas restés inactifs et ont fait le tour de leurs relations, dans les milieux les moins fréquentables, glanant informations, rumeurs et suppositions, jusqu'à ce que la récolte leur paraisse suffisante pour passer à l'action.

Ulrich lève un doigt à l'intention de Marcel qui, avec un hochement de tête, tire deux bières qu'il apporte ensuite à leur table. Il est sur le point de retourner prendre sa place derrière le bar quand Harro pose la main sur son avant-bras en lui disant :

— Une seconte, Marcel. Pars pas.

— Quoi ? Qu'est-ce que tu veux, Harro ?

— Te parler. *Nur ein bischen*

— Hé, je parle pas allemand, moi ! Alors si tu veux me parler, très bien, mais faut que ça soit en français, lance Marcel, légèrement agressif.

— Tu calme, tu calme ! répond Harro, les paumes tournées vers Marcel en un geste universel d'apaisement. On fa parler. En français.

— Bon, maugrée le cafetier. Alors, qu'est-ce que tu me veux ?

— Che feux te parler de tes clients. Tes chens qui sont tes clients et qui defraient pas.

— Hein ? Qu'est-ce que tu baragouines là ? Et puis d'abord, qui t'es, pour me parler de mes clients ? T'es mon patron ? C'est toi le propriétaire ici ?

— Non, concède Harro.

— Alors occupe-toi de tes affaires, et laisse les miennes tranquilles. Mes clients, c'est mes clients. Pas les tiens. Et je sers qui je veux, comme je veux ! termine Marcel, postillonnant d'abondance tandis que son ton monte peu à peu.

— Non, répète Harro, suivi comme un écho par le même mot, prononcé de la même voix douce mais ferme de son frère.

— Hé, vous vous croyez où, les frangins ? reprend Marcel prêt à exploser. C'est pas un petit couple de boches qui va faire la loi chez moi ! C'est…

— La loi, chustement ! le coupe Ulrich. On feut te parler de la loi.

— La loi ? La loi de quoi ? bredouille Marcel, désarçonné.

Dans le ton du cafetier est apparue une pointe d'inquiétude, alors qu'il baissait le ton par réflexe en prononçant le mot « loi ».

— La loi que tu respectes, pien sûr, Marcel, reprend Harro. Et puis celle que tu ouplies un peu.

— Je… Je ne vois pas ce que tu veux dire !

— Fraiment ? Alors je fais expliquer, commence Harro d'une voix douce, souriant d'un air engageant.

Mais son frère lui pose la main sur l'avant-bras avec un geste d'impatience qui a l'air de signifier : « Droit au but, assez de diplomatie ! » Les jumeaux se regardent un instant en silence, puis Harro lève le menton dans un geste d'invite pour son frère. Qui se tourne face à Marcel et lui lance avec un sourire froid :

— Marcel, tu fas arrêter tout te suite te faire poire Fitèle.

— De… Mais de quoi tu te mêles ? N'importe qui peut venir boire ici, merde, c'est…

— Pas Fitèle ! le coupe Ulrich, avec un ton qui commence à devenir menaçant, en dépit du sourire immuable qu'il affiche. Fitèle ne toit pas poire. Et il ne peut pas payer. Alors tu arrêtes de le serfir gratuit.

— Sinon ? lance Marcel avec un air de défi qui tente de masquer l'incertitude perçant dans sa voix.

Ulrich marque un temps d'arrêt. Un temps pendant lequel son sourire figé s'efface peu à peu de ses traits. Son regard se durcit encore, et Marcel recule d'un pas, comme s'il craignait que le vieil allemand lui saute dessus, le prenne à la gorge ou Dieu sait encore quelle folie. Mais Ulrich reste immobile sur sa chaise et, baissant la voix jusqu'à ce qu'elle ne soit qu'à peine plus qu'un murmure, il dit :

— Sinon on pourrait ententre parler te certaines choses. Te choses… *fiskus* ? interroge-t-il son frère du regard.

— Fiscales, répond ce dernier, qui prend le relais : on parle de lifraisons d'alcool sur lequel peut-être – peut-être ? – toutes les taxes ont pas été payées ?

— Peuh ! lance Marcel à mi-voix. Des racontars, ça. Des médisances.

— Fraiment ? répond Ulrich. Et si le *fiskus* temante à Choseph Compagnoni, lui aussi il tira c'est tes métisances ? Ou il tira autre chose, pour arranger ses affaires à lui, même si ça arrange pas les tiennes ?

— Je… Je connais pas ce Compagnoni. Enfin, que de nom. Mais si vous croyez me faire peur avec ce genre de menaces, c'est raté ! D'abord je vous vois mal aller dénoncer Compagnoni ! Si vous tenez à votre peau, en tout cas.

— Che croyais que tu le connaissais pas ?

— Je connais sa réputation, en tout cas. Et si la moitié de ce qu'on raconte est vraie…

— Si la moitié est fraie, le coupe Harro, c'est toi qui seras dans les gros ennuis, quand Compagnoni pensera que tu as ténoncé lui au *fiskus*.

— Que je… Mais, c'est pas…

— Frai ? Oh, Marcel, qui tu penses qu'il fa croire ? Son… Comment il tit, téjà ? Son « bras droit », son ami Seferino, quand il lui tira que tu essayes de chouer un tour pas correct, pour pas payer ce que tu tois ? Ou toi, quand tu accuseras teux retraités étranchers de soixante-dix ans, pas dans le commerce, pas dans le trafic, te… Te quoi d'ailleurs ? Pourquoi est-ce qu'on se mêlerait de ça, hein, Marcel ?

Marcel, tout pâle, tente une dernière défense.

— Mais… Et Severino, pourquoi il raconterait ça, lui ?

— Pourquoi ? Oh, je sais pas, rétorque Harro avec un sourire grand comme celui d'un requin. Peut-être parce que on connaît lui tepuis longtemps. Tepuis qu'il est *ein kleines kind.* Peut-être qu'on connaissait son père. Peut-être qu'il peut rien nous refuser… Tu sais, Marcel, quand tu es tans la marine, si longtemps, partout à trafers le monde, tu fais des *geschäftsbeziehung*… euh ? interroge-t-il son frère.

— Trafail… Hmm, connaissances de trafail ?

— *Ja*, connaissances de trafail. Tes connaissances de tous les chenres. Même des chenres que on ne se fante pas de les connaître. Mais qui peuvent servir. Plus tard. Quand ils ont un serfice à te rentre. *Verstanden,* Marcel ?

Marcel reste sonné, figé, la bouche ouverte, haletant comme un poisson sorti de l'eau. Il constate avec effarement que tous ses repères s'effondrent. Il a toujours considéré les jumeaux Zonntag comme quantité négligeable. Des retraités, après tout. Boches, d'accord, mais inoffensifs. Et voilà qu'il découvre, derrière leurs manières discrètes et leur comportement réglé comme du papier à musique, des gens inquiétants, trop bien renseignés et surtout ayant, semble-t-il, des relations bien supérieures aux siennes dans le monde de la pègre. Les bandits comme Severino ou Compagnoni, il traite avec eux, certes. Pour des combines aussi lucratives que louches. Mais il ne le fait jamais sans avoir des frissons dans l'échine, les considérant avec autant de confiance que des serpents venimeux. Utiles, indéniablement rentables pour lui, moins pour le fisc, ce qui flatte autant ses convictions que son compte en banque, mais extrêmement dangereux. Et voilà que ces vieux débris échoués dans son quartier prétendent – et instinctivement, Marcel sent qu'ils disent vrai – tirer ces tigres-là par la queue et leur faire exécuter des pas de danse ! Mais dans quel monde vit-il ?

Lui ayant accordé un répit qu'il juge suffisant, Ulrich se penche vers lui, avec le sourire suave du chat qui encourage la souris, et conclut :

— Alors, Marcel, tu fas arrêter tout te suite de faire poire Fitèle. *Nicht war* ?

— Je… Oui, oui. D'accord.

Ulrich et Harro contemplent Marcel avec l'air de statues jumelles. Ils ont le regard fixe, impénétrable, que dément le sourire mince barrant leurs lèvres.

— Tis-le ! lui intime alors Ulrich d'une voix basse mais pressante

— Dire quoi ? s'étonne Marcel

— Ce que tu fas faire, lui répond Harro sans le quitter des yeux.

— Ce que… Ah oui ! Je… Je ne ferai plus boire Fidèle. Ça va ? demande-t-il, abdiquant toute fierté.

— Et tu essayeras pas te mêler lui à rien te pas correct.

— Hein ? Non, bien sûr, quelle…

— Tis-le !

— Je ne mêlerai Fidèle à rien d'incorrect… C'est… c'est tout ? demande un Marcel au bord d'une apoplexie difficilement contenue.

— C'est tout. Mais fais-le ! lui ordonne une dernière fois Ulrich avant d'ajouter sur un ton méprisant qui ne laisse à Marcel aucun doute quant à la teneur de ce dernier mot : *Schäbig* !

Marcel regagne sa place à reculons, ne quittant pas les jumeaux des yeux, comme s'il craignait qu'ils se ravisent, lui sautent dessus et le dévorent à belles dents. Il finit par heurter le coin du bar avec un gémissement de douleur surprise, se retourne avec étonnement puis va se poster derrière l'abri protecteur du comptoir. Recours ultime à son malaise, il attrape un verre dans l'égouttoir et se met à l'essuyer avec acharnement.

Les jumeaux sont retournés à leur bière comme si de rien n'était quand la voix de Siméon, plus forte qu'il ne l'aurait sans doute souhaité, retentit dans le café.

— Julien, je te paye une bière ?

Julien se retourne pour jauger Siméon. Ce faisant, il croise les regards jumeaux des Zonntag. Siméon fixe Julien, un sourire d'encouragement sur les lèvres. Sourire qui se dissipe et fait place à une grimace de dépit quand il comprend que ce n'est pas son regard qui a capturé celui de Julien. Le silence dure encore, lourd et tendu. Avec les jumeaux Zonntag, par-dessus la tête de Siméon, Julien échange en silence question, dénégation et acceptation. Il se retourne et replonge dans ses annonces en maugréant : « Laisse tomber. »

Un quart d'heure plus tard, Siméon quitte les lieux. Pendant tout ce temps il a tourné et retourné dans sa tête les événements qui viennent de se produire. Pourquoi diantre ces vieux débris de Zonntag ont-ils soudain décidé d'abandonner leur habituelle neutralité ? Aux bribes de conversation qu'il a surprises entre Marcel et les jumeaux, tout un monde inconnu s'est abruptement révélé. Loin d'être d'inoffensifs vieillards, les deux allemands se révèlent soudain pourvus du regard, de la parole et surtout du pouvoir que confèrent les relations dangereuses. « Bah, ce n'est pas grave, » finit-il par conclure. « Puisque Moïse va s'occuper de la vieille toupie. » Cependant cette pensée ne le rassure qu'à demi. Il ne parvient toujours pas à comprendre pourquoi Moïse s'est rangé à son point de vue d'expédier Basilique Gagnon dans une maison de retraite.

Il se demande également ce qui a pu lui échapper vis-à-vis des Zonntag. Quand il les a questionnés, ils sortaient visiblement de chez elle, où ils devaient se trouver avec Moïse. Donc ils sont, eux aussi, passés objectivement de son côté. Alors pourquoi se mettre ce soir à jouer les justiciers avec Marcel et Fidèle ? Et pourquoi l'empêchent-ils de faire ami-ami avec Julien ? Il ne comprend plus rien. Jugeant que la situation ne se prête plus à rien de bon ce soir, il finit par se lever, saluer Marcel et les Zonntag d'un geste de la main, et s'en retourner vers son domicile.

Les frères Zonntag le suivent, quelques minutes plus tard, mais pas avant d'aller rejoindre Fidèle à l'extrémité du bar, et de l'en décoller en le saisissant, avec douceur mais fermeté, une main d'un des Zonntag sous chacun de ses bras. Fidèle se laisse faire sans broncher. Quand la porte se referme sur eux, Marcel laisse échapper en un long soupir le souffle qu'il n'avait pas conscience de retenir.

Michel et Soazig le Braz, N° 163

La nuit est noire et, par la fenêtre aux rideaux ouverts, Michel ne distingue qu'un rectangle obscur, aussi régulier, aussi désespérant, aussi vide que la constance de son épouse. Pour la millième fois, lui semble-t-il, il plaide son désir d'enfant. Cette fois, plus question de parler de fécondation, de grossesse. Michel tente de convaincre Soazig que la situation récente peut être une chance pour eux, pour leur couple, pour Adèle, tout à la fois.

— Et puis, cette pauvre petite, elle serait facile à accueillir. Ce n'est pas comme un bébé, les biberons, les nuits, les couches… Non, c'est une fillette, ce n'est pas pareil, n'est-ce pas ?

— …

— Et vive, à part ça ! Je l'ai encore entendu hier fermer le bec du petit Bosco, je peux te dire qu'elle est plus avancée que son âge. D'ailleurs, je me souviens avoir entendu sa mère dire qu'elle était particulièrement fière d'elle, parce qu'elle avait d'excellent résultats scolaires. C'est bien, hein ?

— …

— Remarque, les filles, ça réussit souvent mieux que les garçons, dans les études. C'est connu, hein ? Regarde, par exemple, moi et mes sœurs, eh bien c'était le jour et la nuit côté résultats scolaires ! Sauf en sport, remarque, mais bon, hein, les garçons, ça aime plus le sport, ça aussi c'est connu. Avec une fille, au moins, t'échappe aux égratignures, aux fractures, aux lunettes brisées… Et puis Adèle n'a pas de lunettes, de toute façon…

Sa voix s'éteint sans avoir provoqué la moindre réaction chez sa femme, dont la respiration lui confirme cependant qu'elle ne dort pas. Avec opiniâtreté, il reprend :

— Et puis ça égaillerait la vie dans la maison, tu ne crois pas ?

— …

— C'est sûr, un enfant, ça te change tout dans une maison. De la fatigue en plus, je te l'accorde, des responsabilités. Mais le temps que tu passes avec, ça, tu ne peux pas le compter comme du temps de travail ou du temps perdu, hein ? C'est du temps de plaisir, du temps de bonheur, ça, tout le monde est d'accord là-dessus. Et même les parents qui se plaignent de leurs enfants, hein, quand tu les interroges quelques années après, ils te disent tous qu'en fait, c'était les meilleures années de leur vie, quand leurs enfants grandissaient…

Sa voix s'estompe dans les images idéalisées de paternité qui défilent devant ses yeux. Un long moment se passe, sans autre bruit que celui de leurs souffles.

— Enfin tout ça me paraît vraiment être l'occasion à saisir…

Soazig ne peut se retenir et lance sèchement :

— Quelle occasion ?

— Mais… La situation, quoi ! Adèle, son père, sa mère qui…

— Et alors ? En quoi ça nous concerne ?

— Mais si on voulait, on pourrait adopter Adèle !

— Adopter ? Mais tu rêves, mon pauvre ami ! On adopte les enfants qui n'ont pas ou plus de parents ! Et à ce que je sais, la mère d'Adèle n'est pas encore enterrée !

— Mais, Soazig, enfin… Tu sais bien que…

— Qu'elle est enfermée ? Parce qu'elle a perdu la tête ! Et alors ? On n'élimine pas les fous, dans les hôpitaux psychiatriques ! Et puis, puisque que tu parlais des merveilles que t'apportent – paraît-il – les enfants, eh bien dis-moi donc ce que tu penses des plaisirs d'élever un enfant dont tu te demandes tous les jours s'il ne va pas virer dingue !

— Oh ! Mais c'est sa mère, pas Adèle !

— Et l'hérédité ! Tu n'en as jamais entendu parler, de l'hérédité ?

Michel ne peut se retenir : la mauvaise foi de sa femme le fait sortir de ses gonds, la pire chose à faire, il en est conscient, alors qu'il tentait de la circonvenir d'un discours rassurant et enthousiaste.

— Ça n'a rien à voir, tu dis n'importe quoi ! Tu ne crois pas que si tu étais sans travail et que tu me trouvais pendu dans la salle de bain, tu ne piquerais pas une crise de nerf ? Tu ne crois pas que ça te prendrait du temps pour t'en remettre ? Tu ne crois pas que ça n'a rien à voir avec une hérédité de folie ?

— Peuh…

— En tout cas, si la petite a besoin d'un foyer pour l'accueillir, je trouve que ce serait cent fois mieux que ce soit dans une maison, avec un couple qui pourrait apprendre à l'aimer et lui faire oublier la douleur de ne plus vivre chez ses parents, plutôt que dans un foyer de l'assistance publique !

— Et même ? Pourquoi l'assistance publique accepterait qu'on s'occupe d'une enfant qui ne nous est rien et qui a encore sa mère ? Même si la mère est juste bonne à baver quand on lui donne ses calmants ? Tu sais comme ils sont, avec leurs règlements !

— Mais madame Gagnon s'occupe de ça, non ?

— Peuh…

— Elle… Elle connaît bien tout ça, tu parles, avec les années qu'elle a passées à enseigner. Les écoles, y a pas mieux comme endroit pour observer les problèmes de famille et voir l'administration à l'œuvre, je peux te le dire !

— Ben on verra bien ce qu'elle peut faire, madame Gagnon. En attendant, j'ai sommeil.

Sur cette phrase, Soazig tourne le dos à son mari. Michel reste silencieux plusieurs minutes. Finalement, avec une voix contenant une supplication incertaine, il demande à mi-voix :

— Mais si c'était possible, tu crois pas que ce serait une bonne idée ? Hein, Soazig, tu accepterais ?

Mais Soazig s'est endormie.

Matin de crise, rue des petits péchés

Au petit matin, la rue se met à bruire d'une activité inaccoutumée. Les habitants de la rue, d'habitude si calmes, se mettent à imiter des fourmis courant en désordre, affolées par le pied menaçant de l'administration. Dès 6 h 30, tel qu'à l'accoutumée, Charles Guigot ouvre son rideau de fer.

Mais avant même que le camion de livraison du matin ne soit arrivé, Ulrich Zonntag se présente, parlemente à voix basse avec Charles, et tous deux rentrent dans la boutique. Justine en sort précipitamment aussitôt après, comme si elle ne voulait surtout pas être mêlée à quoi que ce soit de… À quoi que soit, d'ailleurs ! Elle fourrage inutilement dans l'auvent qui protège du ciel incertain les caisses de fruits que son époux n'avait pas fini d'installer. Levant la tête vers l'entrée de la boutique, elle soupire, contemple à nouveau les étals et soupire derechef. Après quatre répétitions de ce manège, elle se décide et se met à installer correctement les fruits et légumes, les rangeant, mettant de l'ordre, passant un coup de chiffon pour enlever un peu de poussière sur une pomme, retournant une orange pour en masquer la tâche suspecte sur l'écorce. Quand elle a terminé d'installer l'ensemble des étals, elle empile soigneusement les caisses vides près de la porte, recouvre chaque étal de la bâche de plastique transparent qui le surmonte. Elle s'arrête un instant et considère son ouvrage, puis elle va se planter sur le seuil de la porte, bras croisés et attend, tournant le dos à la rue, aussi immobile qu'une statue.

Quand Harro Zonntag, sortant de chez Basilique Gagnon, passe sur le trottoir, dans le dos de Justine, l'horloge qui trône au fronton de la poste n'indique pas encore sept heures. Harro se dirige vers la porte voisine et entre, sans même frapper. Bientôt sa voix grave filtre par la porte sur rue, restée entrebâillée. Il ressort rapidement, au moment même où Justine s'écarte du seuil pour laisser passer Ulrich, qu'elle gratifie d'un regard par en dessous plein de rancune. Son mari l'appelle de l'intérieur, et elle va le rejoindre.

Les jumeaux Zonntag se rejoignent sur le trottoir, échangent quelques mots en allemand, puis se séparent à nouveau. Ulrich traverse et va toquer chez Amélie Rochard, qui vient lui ouvrir. Après un bref échange, il entre et la porte se referme. Harro rebrousse chemin et retourne vers sa maison. Arrivé à sa porte, il semble se raviser, traverse sans même regarder la rue heureusement vide de tout trafic et entre dans la poissonnerie Le Braz qui vient d'ouvrir.

Pendant les deux heures qui vont suivre, les frères Zonntag vont zigzaguer d'un côté à l'autre de la rue, entrer dans une boutique, une maison, y parlementer un quart d'heure avant d'en ressortir. Le ballet se voit, vers 8 h 30, doublé de celui de Rosie qui arpente la rue dans un sens puis dans l'autre, alternant les airs inspirés et les yeux au ciel en se tordant les mains, ne parvenant pas à se décider sur l'état de la situation. Tragique ou pleine d'espoir ? Allez savoir… Périodiquement elle entre elle aussi dans un domicile ou un commerce, essaye par ses questions sans cohérence de se rassurer et ne parvient qu'à exaspérer ses interlocuteurs qui tous, sans exception, ont ou se trouvent quelque chose d'urgent à accomplir pour se débarrasser d'elle.

Roger Thépault a lui aussi ouvert son commerce, et il se tient à son poste d'observation habituel, regardant sans mot dire l'agitation de la rue. Suzanne Langlais est entrée à son tour dans la danse, et à force de voir tous ces gens remonter, descendre, traverser sa rue, Roger a par moment l'impression que la population de cette dernière a été multipliée par trois pendant la nuit. Henri Duverger vient le rejoindre vers neuf heures et, assis côte à côte, ils commentent à leur manière les événements en cours : Henri par longues tirades qui le laissent essoufflé, Roger par grognements indistincts signifiant indifféremment son accord ou son désaccord. Antoine Robert vient bientôt les rejoindre, et ajoute ses avis à ceux exprimés par Roger et Henri.

À 9 h 35, comme s'ils avaient au préalable convenu de faire une sortie en force, c'est l'ensemble des occupants du 256 qui sortent de l'immeuble. Moïse Blumstein, au même moment, verrouille sa porte et croise la troupe en s'éloignant. Le groupe remonte le trottoir en file indienne jusqu'au 152, où il entre. Basilique Gagnon va apparemment tenir consultation. Contemplant la file de locataires du 256 qui entrent l'un après l'autre dans le jardin-jungle de sa voisine, Siméon Toulier a le sourcil froncé et le regard soucieux. Il tente de se faire une idée précise de la situation, mais sent bien que quelque chose lui échappe. Ce rendez-vous avec le commanditaire de son garage est vraiment arrivé au mauvais moment. Combien il aurait voulu être présent et savoir exactement ce qui s'est dit ! Il sent confusément que quelque chose lui échappe à propos du rôle de Moïse, d'autant qu'il est apparemment au mieux – à moins que ce ne soit aux ordres – des frères Zonntag. Et ces derniers ne portent pas Siméon dans leur cœur, il serait prêt à le jurer. Indécis, il décide de rester sur son pas de porte, et de se décider à agir si, à un moment quelconque, la situation tourne à son avantage. S'il peut exploiter l'histoire de cette petite Bricoult à son profit dans son combat pour l'obtention du 152, ce sera tant mieux. Sinon… Sinon il faudra qu'il trouve autre chose, et vite, car l'affaire risque de lui échapper s'il n'est pas en mesure de disposer du terrain au plus tard à la nouvelle année, tel qu'il s'y est imprudemment engagé.

Au 152, Basilique Gagnon demande à Jocelyne Martin de lui relater par le menu détail sa rencontre avec l'assistante sociale. Elle s'exécute mais sa voix se met soudain à trembler quand elle révèle que la visite de Laurène Becker aurait probablement pu être repoussée, à condition de la contacter avant 9 h 30. Basilique Gagnon contient *in extremis* son envie de tancer l'étourdie, qui confesse n'y avoir repensé qu'à l'instant, passée l'heure limite, en retrouvant sa carte, oubliée dans une poche. Basilique grimace. Basilique soupire. Puis elle absout Jocelyne d'un geste fataliste en disant d'une voix plus éraillée que de coutume :

— Bah, on n'aurait pas forcément trouvé mieux comme défense en 24 heures de plus. Comme disait Lao Tseu, *« mieux vaut être impréparé et en mouvement que préparé mais bloqué dans un cul-de-sac. »*

— L'autre qui ? demande Rosie qui vient d'arriver.

— Lao Tseu, Rosie. Un chinois. Quoique c'est peut-être Clausewitz qui a dit ça... Mais peu importe. Quelqu'un peut aller me chercher Charles Guigot ?

Rosie se penche alors vers sa voisine immédiate, Irène Montant, et lui chuchote à l'oreille :

— Claude qui ? Vous y comprenez quelque chose, à ce qu'elle dit ?

— Claude Vite, je crois, répond Irène avec un geste d'agacement qui clôt l'échange.

Vexée, Rosie quitte le groupe et retourne vers la rue. Jocelyne, pour sa part, n'ose demander à Basilique si la défense va consister en autre chose que de brillantes improvisations, car c'est l'impression qui se dégage du fatalisme inhabituel de la vieille femme. Charles Guigot arrive rapidement, ramené par Éric Bosco qui assure toujours aussi efficacement sa récente vocation d'estafette. Basilique Gagnon s'entretient avec lui à voix basse, Charles ponctuant chacune des phrases de la vieille dame de vigoureux hochements de tête accompagnés d'acquiescements murmurés. Le conciliabule est bref et Charles rejoint bientôt le groupe, arborant maintenant une mine de conspirateur qui tranche avec son allure habituelle de gibier perpétuellement pourchassé.

Il est 10 h passées de quelques minutes quand Rosie revient, décomposée par la gravité de la nouvelle qu'elle apporte : une nommée Laurène Becker demande à voir la famille Bosco.

Basilique se lève avec difficulté et intime aux Bosco l'ordre de la suivre.

— Et... et nous ? demande la pauvre Rosie.

— Vous ? Oh... vous pouvez suivre. Mais ne parlez que si c'est moi qui vous le dis. Compris ?

— Et si c'est la femme qui nous parle ? Directement ? objecte Charles.

— Eh bien dites-en le moins possible. Juste ce que l'on a convenu. J'interviendrai.

Puis elle prend la direction de la sortie, suivie de la famille Bosco et, un peu en retrait, du reste du groupe.

Suzanne Langlais, N° 147

Basilique Gagnon se dirige d'un pas décidé, sinon rapide, vers Laurène Becker, qui attend sur le trottoir à l'endroit même où elle a rencontré Rosie. Elle la salue, puis lui présente les époux Bosco.

— C'est vous qui vous occupez de la petite Bricoult ? demande Laurène Becker.

— Oui, répondent simultanément Aline Bosco et Basilique Gagnon.

Devant l'air interloqué de l'assistante sociale, la plus âgée précise :

— C'est à dire que c'est Aline et son mari qui hébergent Adèle pour l'instant. Mais c'est moi qui m'occupe du reste.

— Le… reste ? questionne une Laurène Becker qui se demande de quoi il peut bien se composer.

— Bah, vous savez, les papiers, l'administration. Et puis, Aline a déjà pas mal à faire avec ses garçons, alors je la soulage du mieux que je peux. Comme si j'étais la grand-mère, en quelque sorte.

— La grand-mère, oui, je vois, répond Laurène Becker, d'un ton qui sous-entend le contraire. Eh bien, si nous allions chez vous ? demande-t-elle aux Bosco.

Basilique intervient aussitôt :

— Non, non, allons plutôt au 147. C'est plus grand et plus confortable – sans offense – ajoute-t-elle à l'intention d'Aline, qui acquiesce d'un air absent.

Basilique fait alors demi-tour et d'un pas décidé, que suit avec un temps de retard l'assistante sociale, elle prend la direction de la boutique de Suzanne Langlais. Quelques mètres derrière eux, le groupe des occupants du 256 hésite, puis emboîte leur pas.

Sur le pas de la porte de sa boutique, Suzanne n'a pas l'air surprise de voir arriver tous ces gens. Elle s'écarte, indique de la main l'intérieur de la boutique en disant :

— Entrez, entrez ! Continuez tout droit, on pourra s'installer confortablement dans l'arrière-cour. Vous verrez, il y a un salon de jardin. Allez-y !

Laurène Becker, suivie de Basilique Gagnon et des époux Bosco, entre dans la boutique et la traverse de bout en bout, jusqu'à l'arrière-cour où, tel qu'annoncé, ils découvrent un salon de jardin entouré de plantes de toutes espèces et de toutes tailles. Le second groupe arrive au moment où Suzanne accompagne ses invités. Charles Guigot, le premier à la porte, se retourne vers les autres et leur lance un regard interrogateur. En l'absence de réponse, il hausse les épaules d'un air agacé et entre, l'air inhabituellement décidé. Les autres le suivent.

Les premiers viennent de s'asseoir quand les seconds arrivent dans l'arrière-cour. Laurène Becker a un haussement de sourcil surpris en voyant les nouveaux arrivants, qui se répartissent gauchement parmi les plantes en pot. Sa surprise augmente au fil des minutes car les arrivées continuent de se succéder. Henri Duverger et Antoine Robert sont les suivants, précédant d'un court instant Fidèle Rochart et sa mère. Ils sont rejoints par les Le Braz, puis par Roger Thépault, qui reste prudemment dans l'ombre que dispense miséricordieusement un palmier de belle taille. Les derniers en place sont les frères Zonntag, qui ne tentent pas de se mêler au groupe mais restent sur le pas de la porte séparant la boutique de l'arrière-cour. Ils échangent des phrases à voix basse, et paraissent particulièrement nerveux, ponctuant leurs échanges murmurés dans la langue de Goethe de grands mouvements de bras qui siéraient mieux à celle de Garibaldi.

Laurène Becker, à peine remise de sa surprise de se retrouver au milieu d'une telle assemblée, se racle la gorge et s'apprête à prendre la parole quand Basilique Gagnon la coupe. Celle-ci, tout en faisant un signe en direction d'un groupe d'enfants, qui disparait dans les feuillages, lance :

— Le mieux serait de vous présenter Adèle, ne pensez-vous pas ?

— Euh, oui, certainement, répond l'assistante sociale, décontenancée

La fillette s'avance alors et vient se placer devant Basilique Gagnon, qui met ses mains sur les épaules de l'enfant d'un air protecteur.

— Bien, commence Laurène Becker vous connaissez sans doute la situation de la petite, je vais donc vous épargner les détails. Je suis ici pour évaluer les possibilités la concernant, sachant que sa seule famille est… empêchée de s'occuper d'elle.

— Mais c'est tout à fait faux ! lance Basilique Gagnon.

— Pardon ?

— Je vous dis qu'il est faux qu'Adèle n'a pas de famille pour s'occuper d'elle.

— Mais… Mais son père est… Et sa mère, vous le savez bien, ne peut…

— Je ne dis pas le contraire, la coupe Basilique Gagnon. Mais ses parents ne sont pas sa seule famille !

— Hum… Hé bien si vous voulez parler de monsieur et madame Bosco, c'est… c'est parfait qu'ils aient pris en charge la petite quand s'est produit… enfin, les événements. Mais ce ne sont pas des parents pour autant, et…

— Ils ont pourtant deux enfants, conteste malicieusement la vieille dame.

Laurène Becker rougit légèrement, balaye l'objection d'un revers de main.

— Je m'exprime mal, je vous l'accorde. Je voulais dire que ce ne sont pas ses parents.

Basilique ne lui répond pas immédiatement. Elle commence par murmurer dans l'oreille d'Adèle : « Va donc rejoindre Lucille et Corinne Deschênes dans la boutique, tu pourras jouer avec elles, ce sera plus amusant pour toi que de rester écouter nos discussions d'adultes. » Puis elle lève de nouveau les yeux, fixant un instant Charles Guigot avec de se retourner vers Laurène Becker et de répondre :

— Non, ce ne sont pas ses parents, répond Basilique Gagnon. Et alors ?

— Alors ? Mais… mais la loi impose que…

À nouveau Laurène Becker est interrompue. Charles Guigot intervient soudain, semblant ne plus pouvoir contenir une colère fort convaincante.

— La loi ? La loi ? Elle a bon dos, la loi !

— Hein ? Mais… Et qui êtes-vous, d'abord ?

— Moi ? Je suis quelqu'un qui en a assez d'entendre parler de « loi » par ceux qui s'occupent plus des règlements que des gens !

— Mais… Je…

— Oh ne répondez pas ! Vous êtes bien tous les mêmes, vous les… les… gestapistes ! Vous débarquez dans la vie des pauvres gens qui ne demandent rien à personne, et avec vos lois, vos décrets, vos règlements ! C'est comme pour le paiement des taxes, tiens, vous ne vous inquiétez pas de savoir si on a des difficultés, hein ! On est tranquille, honnête et puis tout à coup c'est la prison, c'est la torture, c'est l'exécution ! Jamais ! Jamais on ne peut vous échapper, hein ! Vous… vous…

Charles est au bord de l'explosion. Les yeux exorbités, la sueur lui dégoulinant au front, il lève des poings crispés et Laurène Becker se recroqueville par réflexe sur sa chaise. Elle se demande quel est le rapport entre son travail et les accusations délirantes de cet homme, et hésite entre ne rien dire et répondre à ces stupidités, craignant d'aggraver la situation dans un cas comme dans l'autre.

Fort heureusement, un homme massif s'avance au centre de l'arrière-cour, les mains devant lui en un geste d'apaisement. Il s'adresse gentiment à Charles et, par phrases brèves et lénifiantes dont Laurène ne comprend pas un seul mot, il désamorce la colère apparente du commerçant. Un individu… un peu perturbé, songe Laurène de ce dernier, avec un frisson de soulagement. Soulagement de courte durée, car quand elle murmure un discret « merci » à l'intention de son sauveur, celui-ci se retourne avec une grimace horrible qui fait faire un violent mouvement de recul à l'assistante sociale. Elle se reprend quelques interminables secondes plus tard, constatant que la face de monstre qui vient de l'effrayer est simplement celle d'un homme défiguré. Mais elle n'ose se dire que ce qu'elle vient de voir était un sourire, ce qui fait qu'elle n'ose plus lever les yeux. Le feu aux joues, elle murmure derechef : « Merci. Pardon… »

Avec un signe des épaules montrant qu'il a, hélas, l'habitude de provoquer de semblables réactions, Roger Thépault retourne s'installer dans l'ombre de son palmier, accompagné de Charles Guigot qu'il dirige, une main sur l'épaule encore secouée de frissons du commerçant. Quand ils passent devant Basilique Gagnon, profitant qu'il tourne le dos à Laurène Becker, Charles adresse discrètement un clin d'œil à la vieille dame, qui reste de marbre.

Un instant de flottement s'ensuit, pendant lequel Laurène Becker tente de reprendre ses esprits. On entend, venant de la boutique, les voix suraiguës des jumelles Deschênes, ponctuées du rire triomphateur de David Bosco. Marjorie Deschênes pousse un soupir exaspéré et bouscule ses voisins sans s'excuser, retournant dans la boutique. Avant que Laurène, saisie, n'ait pu reprendre la parole, Basilique la devance, tout sourire, et lui assure :

— Vous voyez à quel point le sort de notre petite Adèle nous préoccupe tous ! Ce pauvre Charles, les temps sont si durs pour les petits commerçants en ce moment, glisse-t-elle sur le ton de la confidence, il en est tout retourné. Il faut l'excuser.

— Oui, oui, certainement. Euh, si nous revenions aux parents ?

— Aux parents ?

— Vous disiez qu'Adèle avait de la parenté.

— Ah ! La parenté, oui…

Basilique s'interrompt un moment avec une grimace, peut-être provoquée par la question. C'est à cet instant qu'entre Siméon Toulier, qui se dirige droit sur Laurène Becker, la main tendue.

— Bonjour, bonjour. Excusez mon retard !

— Euh… Bonjour, monsieur…

— Toulier. Siméon Toulier.

— Et vous ?…

— Je tenais absolument à vous voir. Il faut que vous sachiez que la présence de vos services est une bénédiction, en ces moments…

— Siméon ! lance Basilique Gagnon d'un ton menaçant.

Ce dernier l'ignore et poursuit.

— C'est vrai que ces terribles événements surviennent au plus mauvais moment. Au moment même où nous nous demandions déjà comment régler certains problèmes…

— Siméon ! répète Basilique Gagnon en le fusillant du regard.

— … certains problèmes graves qui…

— Siméon Toulier, que crois-tu être en train de faire ! explose alors Basilique. Tu ne vois pas que nous sommes occupés à quelque chose de sérieux, là ?

— Mais justement !

— Justement ! S'il y a bien quelqu'un qui n'a rien à apporter à notre conversation, c'est bien toi ! C'est tout juste si tu es capable de distinguer Adèle Bricoult de Lucille Deschênes !

— Oh, Basilique, vous exagérez… minaude Toulier.

— Que… Depuis quand t'ai-je autorisé de telles familiarités !

— Pardon ? Mais je…

— Oh, tais-toi donc, si tu n'as rien de plus intelligent à dire !

Siméon marque un temps d'arrêt, jette un coup d'œil circulaire pour vérifier si Moïse a fait son apparition, ce qui n'est pas le cas. Il décide finalement de se lancer, jugeant que le moment est propice, à défaut d'être idéal.

— Si, « madame Gagnon ». J'ai justement des choses plus intelligentes à dire, « madame Gagnon ». Et je ne suis pas le seul à pouvoir les dire, d'ailleurs, « madame Gagnon ». N'importe qui pourrait les dire, même le plus idiot d'entre nous !

— Que… Qu'est-ce que tu racontes ?

Siméon fait une pause, un sourire vicieux sur les lèvres. S'en apercevant, il tente de le transformer en une grimace mi-apitoyée, mi-séductrice, tout en se retournant vers une Laurène Becker médusée.

— C'est que, voyez-vous, madame Becker, la situation est pour le moins étrange.

— Étrange ? Que voulez-vous dire par-là ? l'encourage l'assistante sociale qui trouve que tout ici est effectivement de plus en plus étrange.

— Je veux dire que vous venez vérifier si vos services ne doivent pas prendre en charge la destinée d'Adèle Bricoult – et pour ce que j'en sais, vous avez parfaitement raison de vous en inquiéter, car c'est le cas – et la personne qui vous répond est elle-même…

Il se tait et prend un air de recherche inspirée, espérant renforcer ainsi l'effet dramatique de l'affirmation qui va suivre. Hélas pour lui, Basilique ne laisse pas passer l'occasion de reprendre la main.

— Je suis moi-même quoi, Siméon ? Gâteuse ? Incapable de m'occuper de moi-même et donc pas qualifiée pour mettre mon nez dans les affaires des autres ? C'est ça ?

— Hé bien…

— Hé bien il te faudra trouver autre chose de plus convaincant pour semer la zizanie dans la rue, Siméon. Et puis d'abord, qu'est-ce que c'est que cette phrase : « Même le plus idiot d'entre nous » ? Tu veux parler de qui, là ? De Fidèle ?

— Hein ? Euh… Oui, de Fidèle. Parfaitement.

— Alors parlons-en, de Fidèle, lui qui… commence Basilique Gagnon.

Mais elle est à son tour devancée, par celui-là même dont il est question. Fidèle s'est avancé et, planté devant Laurène Becker, lance :

— Adèle, moi je l'aime bien.

— Oui, Fidèle, on le sait, lui répond Basilique, nullement perturbée par l'intervention. Tu crois qu'elle est bien, ici ?

— Oui, Adèle, elle est bien ici. Tout le monde s'occupe bien d'elle, ajoute-t-il en s'essuyant le nez sur sa manche, ce qui fait grimacer Laurène Becker.

Basilique se retourne vers Siméon, avec un sourire de triomphe et lui lance :

— Alors, Siméon, c'était ça les révélations fracassantes que tu voulais nous faire entendre ?

Mais alors que personne ne s'y attend, Fidèle rajoute :

— C'est comme vous, madame Gagnon. C'est juste comme vous. Ça, c'est Marcel qui me l'a expliqué. Même si c'est moi qui le disais, je comprenais pas tout, alors Marcel il m'a expliqué.

Un silence glacial se fait, pendant que Siméon affiche un sourire de satisfaction. Avant que les autres aient pu se reprendre, il se tourne vers Fidèle et lui demande doucement :

— Qu'est-ce qui est comme madame Gagnon, avec Adèle ? Hein, Fidèle, dis-le-moi, s'il te plait.

Fidèle le regarde avec un grand sourire. Il ne répond pas plus qu'il ne change d'expression. Il essuie de nouveau la morve qui lui coule d'une narine, élargit encore son sourire. L'impatience et la tension grandissent. Fidèle finit par lâcher :

— Je sais plus, avec sa moue d'excuse habituelle.

Basilique Gagnon – et plusieurs autres – lâchent un soupir audible, tandis que Siméon grimace de frustration. Fidèle reprend cependant la parole et conclut :

— Madame Gagnon et Adèle, c'est pareil. On les aime bien toutes les deux, et on s'en occupe.

— Ouiiiii, mon Fidèle ! Cha ché bien v'ai ! intervient Roger, prenant Fidèle par l'épaule en le secouant comme un prunier.

Fidèle rit bêtement, tout content de l'approbation qu'il vient de recevoir. Siméon, furieux, tente cependant de reprendre la main, mais il a tout juste le temps de respirer avant de lancer sa contre-attaque, que Basilique le précède.

— Bon, c'est bien gentil à toi, Siméon, d'avoir voulu nous montrer que tout le monde nous aime ici, Adèle et moi. Mais ce n'est pas le sujet du jour. Et je ne suis pas persuadée que Fidèle – que nous aimons tous aussi – soit le plus apte à nous faire avancer. Alors maintenant, Siméon, tais-toi un peu.

— Mais de quel…

— Tais-toi, Siméon ! Et occupe-toi à autre chose. Tiens, lis-donc le journal du jour. Ulrich, vous avez le journal ? lance-t-elle par-dessus la petite foule.

— Ja, ja. Le voici !

Ulrich s'avance, tend le journal à Siméon, journal déjà replié sur une page intérieure. Siméon l'écarte d'un geste, va pour reprendre la parole, mais Ulrich insiste.

— Prend-le, Siméon ! Prend-le ! Il est à la bonne page, tiens, regarde !

Intrigué par ses derniers mots, Siméon baisse les yeux sur le journal qu'Ulrich lui tend. Et son attention est immédiatement accrochée par le titre qui barre la page : « Arrestations massives dans le milieu ! Des escroqueries monstres sont révélées dans un réseau de garagistes véreux ! » Siméon déglutit avec difficulté, et ne peut s'empêcher de continuer de lire l'article en question, qui contient d'ailleurs bien ce qu'il craint d'y trouver. Il remarque à peine qu'Ulrich l'entraîne à l'extérieur du cercle de la discussion, et le laisse dans un coin de l'arrière-cour, les yeux toujours rivés au journal qui signe la mort de ses rêves d'investissements.

Laurène Becker, qui se demande dans quel asile de fou elle se trouve, tente de reprendre le contrôle de la situation.

— Vous parliez de famille ? De la famille d'Adèle ?

— Oui, oui. Absolument, répond madame Gagnon. Vous avez raison de revenir à ça. Excusez cette interruption qui n'avait rien à faire ici. La famille d'Adèle, oui.

— Alors ? dit Laurène Becker

— Alors ? répond Basilique Gagnon sans se compromettre.

— Mais qui est-elle, cette famille ?

Basilique Gagnon ne parvient pas à reprendre son assurance initiale. Elle jette des regards inquiets vers l'entrée, mais Harro lui répond d'un signe de tête négatif.

— C'est à dire… Nous attendons les papiers…

— Attendez !

Le cri soudain provient d'Irène Montant. Laurène Becker se tourne vers la nouvelle intervenante, qui la fixe d'un regard vide qui la met mal à l'aise.

— Vous... Vous dites ?

— Je dois… Je dois vous parler. Je le dois !

— Mais… je vous en prie, répond une Laurène Becker pour le moins décontenancée. Parler de quoi ? De l'enfant ?

— Oui, de l'enfant. D'Adèle.

Là-dessus, Irène Montant reste silencieuse quelques instants, les yeux dans le lointain, comme si elle cherchait l'inspiration. Puis elle reprend :

— Je dois vous dire, à tout prix, il faut que je vous le dise…

— Eh bien... Faites ! lui lance Laurène d'une voix où l'on sent poindre l'énervement.

— Mais je ne sais pas ! Je sais… je sais que je dois vous parler, pour le bien de l'enfant. Je sais que… je sais, *Elle* l'a dit. Mais je ne sais pas, je ne sais pas quoi, oooohhh…

Les paroles de plus en plus confuses d'Irène se perdent dans un gémissement proche du sanglot. Elle qui avait levé les bras vers le ciel dans un geste d'invocation et d'impuissance les laisse retomber, ballants, tandis qu'elle ferme les yeux, d'où s'échappent des flots de larmes. Rosie s'approche, saisit Irène par les épaules et, tout en lui murmurant des paroles apaisantes, l'entraîne vers la boutique. Irène se dégage et tend les mains, attrape celles de Laurène Becker. Cette dernière, saisie, ne réagit pas et fixe Irène, qui lui rend son regard. D'interminables secondes silencieuses s'écoulent avant qu'Irène ne lâche enfin Laurène. Rosie pose à nouveau les mains sur les épaules d'Irène Montant, qui se laisse faire sans réagir.

Laurène Becker pousse un soupir qu'elle voudrait exaspéré mais qui paraît plutôt soulagé. Étrangement, le contact avec les mains de la blonde aux yeux hallucinés s'est traduit par une sensation de soulagement et de calme. Elle n'a pas « reçu » le moindre message que cette femme aurait mystérieusement fait passer par ce contact, non. Mais elle se sent apaisée, et cela lui paraît tout aussi étrange. Elle prend quelques secondes pour s'assurer qu'elle a bien les idées claires, les mêmes qu'avant l'interruption, et n'a pas été victime de quelque hypnotisme, de quelque pouvoir… De toute façon, elle ne croit pas à toutes ces fariboles. Avec un nouveau soupir, elle se retourne vers Basilique Gagnon :

— Vous… Vous parliez de papiers ? reprend-elle.

— Des papiers d'adoption. Ou quel que soit le terme exact en pareil cas. Je ne suis pas juriste, s'excuse la vieille dame.

Siméon Toulier, un peu remis de sa surprise et de sa déception, lève la tête en se rendant compte du flottement qui se produit. Il reprendrait sans doute la parole si un grand bruit venu de la boutique ne faisait sursauter tout le monde. C'est Moïse qui arrive, tenant un pot de fleur brisé d'une main et une sacoche de cuir de l'autre. Il cherche Suzanne du regard et quand il la trouve, commence à s'excuser. Mais elle l'interrompt d'un geste en disant :

— Ce n'est rien, on verra ça plus tard.

Harro prend alors Moïse par le coude et l'amène, tel un suspect, devant l'assistante sociale.

— *Hier, meine Frau.*

— Pardon ?

Moïse prend alors la parole :

— Che m'excusse t'être en retard, mais ch'étais chez le notaire, pour ces papiers…

— Des papiers ? D'adoption d'Adèle, c'est ça ? Mais comment...

— Non, pas exactement atoption. C'est une... Il feuillette une liasse de papiers. Une télékation t'autorité parentale, apparemment c'est les mots utilissés. Pour Atèle, oui.

— Une délégation... commence, songeuse, Laurène Becker.

— Oïch, c'est quand...

— Je me dois de vous dire, le coupe Basilique, que si le suicide de monsieur Bricoult a été une surprise et une douleur pour nous tous, la fragilité et les soucis de santé d'Hélène ne sont pas une découverte. Ni pour nous, ni pour elle.

— Ah non ? s'étonne l'assistante sociale.

— Non, vraiment, rétorque Basilique Gagnon, mentant avec un aplomb consommé, les yeux plantés droits dans ceux de Laurène Becker. Sachez, madame, que si nous sommes ici en ville, il y a cependant dans cette rue une sorte... d'état d'esprit de village. On se connaît, on s'entraide, beaucoup plus qu'il n'est coutume ailleurs. C'est pour ça qu'Hélène a voulu tout prévoir. Il faut croire que la pauvre avait des raisons de craindre que son mari... Et avec ce qui est arrivé à leur fils...

Un silence religieux, des regards tournés vers le sol, accueillent ces paroles. Silence que Laurène Becker n'ose rompre.

— Tout ça pour vous dire qu'Hélène avait entamé des démarches pour veiller à ce que quelqu'un de confiance s'occupe d'Adèle advenant… ce qui s'est hélas produit. Moïse ?

Moïse s'avance, tend une liasse de quelques feuillets, formulaires et lettres manuscrites, ornés de tampons à l'allure tout ce qu'il y a de plus officiel.

— Che ne peut pas fous les laisser, ce sont les orichinaux, mais si fous foulez, on fera tes copies pour fos services.

— Euh, oui, certainement, certainement… Et qui est la personne qui va s'occuper d'Adèle ?

À cet instant Michel le Braz fait un pas en avant en commençant

— C'est nous qui…

Mais sa femme lance un bras vif comme l'attaque d'un serpent et l'attrape par l'épaule tout en lançant, visiblement furieuse :

— Michel le Braz ! Qu'est-ce que tu crois faire ?

— Mais, ma chérie, tu sais…

— Je sais que tu n'as rien à dire, et que si tu ajoutes un mot, le reste, tout le reste, ajoute-t-elle d'un air menaçant, se passera sans moi !

Soazig menace Michel du regard, un Michel qui n'a pas dû bien saisir la portée des paroles de sa femme, car il a le malheur d'insister :

— Mais Soazig, nous pourrions…

Soazig lui lâche l'épaule avec une moue de dégoût, fait demi-tour et sort à grandes enjambées. Michel, en plein désarroi, lance un regard à la cantonade, avant de suivre sa femme, l'air effondré.

Laurène Becker a assisté à la scène avec surprise et interroge Basilique du regard. Visiblement, l'assistante sociale se demande s'il est sage de rester au milieu de pareille assemblée. Basilique remarque alors Charles Guigot, qui meurt d'envie de reprendre la parole, tandis que Justine, cramponnée au bras de son mari, le tire et le secoue comme si elle voulait l'arracher. Charles regarde son épouse et baisse la tête. Basilique reprend alors sans attendre :

— Veuillez excuser cet incident, un banal problème de couple…

Elle baisse les yeux, avec une componction digne d'une moniale, puis enchaîne :

— Bref, comme Michel s'apprêtait à vous le dire, c'est nous tous qui nous occuperons d'Adèle, comme c'est déjà le cas, en fait. Mais comme il faut un tuteur légal unique, Moïse Blumstein s'est occupé des démarches et des papiers. Et Suzanne Langlais sera cette personne. D'ailleurs, c'est presque comme si elle était la tante d'Adèle.

À cet instant, on entend la voix de Suzanne qui lâche un gloussement mal étouffé, comme une poule qui s'extasie sur sa couvée.

— Vraiment ? Je croyais qu'elle n'avait pas d'autre famille ?

— Oh, c'était une façon de parler. Hélène s'était déjà arrangée avec Suzanne, qui adore les enfants. Et qui a un grand appartement, où Adèle pourra avoir sa chambre.

— Ah...

Laurène Becker, qui ne sait plus trop à quel saint se vouer, cherche la nommée Suzanne des yeux. Voyant la fleuriste plantureuse, aux anges, s'avancer vers elle comme pour une remise de prix, elle la jauge d'un regard appréciateur. « Voilà une femme qui sera maternelle avant d'être féminine, » se dit-elle. « Comme ma mère, d'ailleurs elle lui ressemble un peu… Parfait pour la petite, après ce qu'elle vient de vivre. » Son regard revient vers la liasse de papiers qu'elle tient toujours. Elle les feuillette alors avec attention, parcourant chaque feuille d'un air concentré. De temps à autre, son regard se lève et plonge dans celui de Basilique, de Moïse ou de Suzanne, un sourire inconscient flottant sur ses lèvres à chaque fois qu'elle regarde cette dernière. Au terme de son examen minutieux, tandis que tous retiennent leur souffle, elle rend les papiers à Moïse, qui la remercie d'un signe de tête, en priant pour qu'elle ne remarque pas les perles de sueur sur ses tempes.

Le groupe entier reste silencieux, si l'on excepte le bruit des enfants qui, comme c'était prévisible, commencent à s'agiter dans la boutique. Soulagée et même satisfaite de la tournure des événements, Laurène Becker se lève et sourit à la cantonade. Elle est ravie d'avoir découvert un milieu si attentionné pour la petite, même si certains ici sont pour le moins… étranges. Elle est aussi agréablement étonnée d'avoir rencontré des gens si respectueux des lois, règlements et formulaires : c'est si rare ! D'autant que le début de la réunion ne semblait vraiment pas s'orienter vers ce genre de conclusion ! Et puis, même si elle ne l'admettrait pas pour tout l'or du monde, elle est séduite et conquise par le sourire, la gentillesse évidente, la douceur qui transparaissent dans chaque geste de la grosse fleuriste. Une femme de ce calibre, c'est la garantie d'amour et d'attention qu'elle cherche si souvent et trouve hélas bien rarement chez les candidats parents adoptifs. Une femme pareille – c'est vrai qu'elle ressemble étonnement à sa défunte mère, finit par admettre Laurène – c'est l'assurance que la petite sera entre de bonnes mains. Enfin, les papiers ont l'air complets et parfaitement en règle, ce qui pour Laurène Becker vaut onction papale. Elle se racle la gorge, tente de retrouver son ton officiel tout en fouillant dans sa sacoche :

— Eh bien… Tout me paraît parfait. Madame… Langlais, voici ma carte. Si vous avez la moindre question, le moindre problème, n'hésitez pas à communiquer avec moi. Je vous contacterai, de toute façon, dans quelques semaines. Bon, eh bien… Je vais vous laisser, alors. Merci. Merci à tous.

Elle se dirige rapidement vers la sortie, lançant à Moïse un dernier :

— Vous n'oublierez pas mes copies ?

— Promis ! répond ce dernier.

Laurène Becker traverse la boutique où Adèle, immobile près de la porte, lui jette un regard interrogateur, auquel elle se surprend à répondre par un sourire.

Quand elle arrive sur le trottoir, Laurène Becker entend la porte voisine claquer bruyamment et n'a que le temps de se coller au mur pour ne pas être renversée par Soazig Le Braz. Une Soazig Le Braz au visage de pierre, une valise dans chaque main, qui s'éloigne sans un regard, à pas pressés et furieux. Elle la regarde quelques instants, puis fait demi-tour et se retrouve face à l'époux de Soazig – ou s'agit-il du prochain « ex-époux » ? – qui, le visage défait et les bras ballants le long du corps, regarde sa femme s'éloigner sans avoir l'air de comprendre ce qui lui arrive. Laurène Becker baisse les yeux par discrétion, et s'éloigne, songeuse.

Au 147, la séance est levée quelques minutes plus tard. Tous ont peine à croire que ce défi qu'ils redoutaient tant a été si facilement relevé. Les uns et les autres sortent pendant que Moïse, auquel Basilique a fait signe, s'approche de la vieille dame. Suzanne Langlais, flottant sur un nuage de félicité sur lequel il n'y a plus place pour des rêveries de midinette, les laisse à son tour.

Moïse s'approche, silencieux, mais son visage fermé montre qu'il a compris. Que la promesse faite va devoir être respectée. Basilique le fixe sans un mot, avec une crispation dans les paupières qui semble s'accentuer d'instant en instant.

Moïse finit par demander :

> — C'est arrifé, c'est ça? C'est trop tur?

> — Oui, répond Basilique Gagnon. Tu tiendras ta parole?

> — Oui, matame Kagnon, Che la tientrai.

Les deux vieillards restent un long moment silencieux avant que Moïse finisse par quitter les lieux.

Laurène Becker et Basilique Gagnon, N° 152

Cette journée si oppressante s'est achevée sur une note de soulagement général. Si l'on excepte Siméon Toulier, dont les espoirs sont les seules victimes du jour, Marcel Pinchon, resté prudemment à l'écart des événements, et le pauvre Michel le Braz, futur divorcé mais déjà éploré, tous sont soulagés, ravis, heureux de la conclusion du drame. Conclusion et soulagement un peu hâtifs, quand on y pense. Il a été convenu que jusqu'à la fin des congés scolaires, Adèle resterait chez les Bosco. Cela laissera le temps à Suzanne Langlais d'aménager la future chambre d'Adèle, et aussi de se faire à l'idée que dans moins d'une semaine, elle sera « presque » mère !

Ce dont ne se doutent pas les habitants de la rue des petits péchés, c'est qu'à peine rentrée dans ses bureaux, Laurène Becker s'est immédiatement mise en chasse du dossier Basilique Gagnon. Les informations qu'elle y a trouvées ont confirmé tout à la fois ses observations durant la curieuse assemblée chez la fleuriste et les craintes quant à la santé mentale de certains des habitants de la rue. L'épicier paranoïaque n'est apparemment pas connu des services officiels, mais ce n'est pas le cas de la vieille dame ! Et ce qu'elle a lu dans ce dossier lui a fait redouter le pire.

Apparemment, la veuve avait perdu son mari et sa maison tout à la fois, et il y avait eu lieu de craindre que le choc ne l'entraîne, comme c'est hélas si fréquemment le cas, dans une décadence rapide de ses facultés mentales. En y réfléchissant, Laurène Becker a découvert, dans tel ou tel détail de ses souvenirs, des indices troublants de possible maladie d'Alzheimer. Et le dossier était, défaut rédhibitoire pour quelqu'un d'aussi consciencieux qu'elle, lamentablement bâclé quant à sa conclusion ! Des vagues promesses de suivi médical, une assurance – mais sans aucun détail ! – que la vieille dame serait relogée, c'était ainsi qu'il se terminait. Où habitait-elle, d'ailleurs, Basilique Gagnon ?

C'était trop pour Laurène Becker. Certes, ses attributions concernaient principalement les enfants en difficulté, mais l'administration est plus ouverte que les gens ne le croient, et il n'est pas interdit de sortir un tantinet de sa fiche de fonction, pourvu que ce soit dans le respect des règlements et hiérarchies. Elle a donc empli les formulaires adéquats, les a fait parvenir à la direction concernée par courrier interne, et a attendu de recevoir son accord. Une fois n'est pas coutume, la réponse est revenue dès le lendemain. La conscience procédurale en paix, Laurène Becker a donc repris le chemin de la rue des petits péchés, pour y mener à terme sa nouvelle enquête, deux jours à peine après l'avoir quittée. Toutefois, sa remarquable célérité n'a pas été suffisante.

Quand Laurène Becker est arrivé devant le 152, elle y a trouvé un groupe assemblé devant le portail à la peinture écaillée. On lui a rapidement fait part de la triste nouvelle du jour : Rosie, se rendant chez Basilique Gagnon dans l'espoir que cette dernière lui expliquerait quelques-uns des nombreux points restés nébuleux pour elle, a eu le douteux privilège de la découvrir inerte sur son divan. Posés au sol à côté de la vieille dame, un flacon vide et une lettre pleine. Pleine de remerciements, à tous ses voisins ou presque. Pleine de conseils aussi. Une lettre qui se terminait par un court paragraphe dans lequel Basilique Gagnon expliquait, avec beaucoup de pudeur, qu'elle avait fait le choix d'un départ volontaire, un départ choisi. Les douleurs de sa maladie, dont tous ou presque ignoraient l'existence, venant de lui faire comprendre, disait-elle, qu'il devenait urgent de faire ce choix, tant qu'il lui appartenait encore.

Un feuillet distinct faisait part d'un don entre vifs, enregistré la veille devant notaire par elle-même grâce aux bons soins de Moïse Blumstein. Ce don concernait le terrain et la maison « en l'état ». Le notaire était nommé administrateur des biens, placements et avoirs de Basilique Gagnon. Leur liste succincte suivait, avec leur répartition d'usage, en paiement de droits, taxes et impôts, et ce jusqu'à la majorité de la destinataire : Adèle Bricoult. Moïse, arrivé sur les lieux, avait confirmé la totalité des affirmations de la lettre, et la parfaite validité du don effectué par Basilique Gagnon. Siméon Toulier qui, tel un vautour attiré par l'odeur de la charogne, avait été parmi les premiers sur place, s'est étranglé à cet instant, puis s'est mis à tousser sans pouvoir se contenir. La couleur rubiconde de son visage a dû faire secrètement espérer à certains qu'il allait mourir sur place d'une crise d'apoplexie. Mais il a fini par se reprendre, et a quitté les lieux avec précipitation.

Laurène Becker a dû, elle aussi, se résoudre à quitter pour de bon la rue des petits péchés, où plus personne ne requérait ses offices. Elle est repartie, s'étonnant d'avoir l'œil un peu embué. Rosie, elle, a beaucoup pleuré. Tous les autres aussi, ou presque.

Moïse Blumstein & Adèle Bricoult, N° 147

Quelques semaines plus tard, Moïse et Adèle sont dans l'arrière-cour du 147, assis par terre au beau milieu des plantes en pot. Depuis qu'il a péché contre la Loi pour la bonne cause, Moïse se sent une sorte de responsabilité envers l'enfant et s'efforce de passer autant de temps que possible avec elle. Pour l'heure, ils jouent à un jeu étrange, inventé par Adèle, un jeu aux règles complexes et changeantes. Le jeu met en œuvre des pierres de diverses tailles, des morceaux de branchages récupérés dans le bac à vidange du magasin, deux dés et un jeu de cartes. Moïse apprend les règles au fur et à mesure qu'Adèle les invente, joue et perd avec une grande concentration. Soudain Adèle lève le nez et, du ton grave que prennent parfois sans préavis les enfants, elle demande :

— Moïse ?

— Oui, ma chérie ?

— Est-ce qu'on peut faire du mal et du bien en même temps ?

Moïse réfléchit quelques instants en lissant sa barbe, puis répond :

— Oui, on peut. Tu as téchà été chez le tentiste ?

— Oui, une fois, quand j'avais très mal à une dent.

— Hé pien, tu peux comprentre, alors. Quand on fa chez le tentiste, soufent il fait mal, mais après on est mieux, non ?

— Oui, le dentiste… Mais est-ce que c'est pour ça que les gens disent « c'est un mal pour un bien » ?

— Oui, ça toit être pour ça.

Adèle semble réfléchir à son tour puis, avec une voix incertaine elle demande :

— Et papa ? Ça peut faire du bien, ce qu'il a fait ?

— Che ne sais pas, ma chérie. Peut-être… Peut-être qu'il ne poufait pas faire autrement.

— Parce qu'il était fou ? C'est David Bosco qui dit qu'il était fou.

Elle fixe Moïse avec un regard de supplication. Moïse prend sa main entre les siennes, ridées et parcheminées. Et avec toute la douceur dont il est capable, accompagnée d'une tristesse non feinte, il dit enfin :

— Non, che crois pas qu'il était fou. Che crois qu'il était très malheureux, et qu'il croyait pas poufoir faire autrement. Pour lui. Pour fous.

Adèle reste une longue minute sans mot dire. Soudain, son œil s'éclaire d'une lueur presque mutine, passant du grave au léger en un clin d'œil. Elle enlève sa main de celles de Moïse et demande :

— Et madame Gagnon ?

— Quoi, matame Kagnon ?

— C'est un bien ou un mal, pour elle ?

Moïse, désarçonné par cette question, cherche ses mots.

— Matame Kagnon, elle… Elle était… Elle afait très pessoin de dormir. Elle était trop fatiguée depuis trop longtemps. Alors maintenant, elle se reposse. Enfin.

La fillette le regarde avec sérieux. Puis son visage s'éclaire à nouveau d'un sourire.

— C'est toi qui l'a aidée à dormir ? demande-t-elle.

Moïse ne répond rien, et commence à se tirailler la barbe nerveusement. Après quelques instants, Adèle tend les bras et saisit la vieille main de Moïse entre les siennes. Elle l'embrasse avec délicatesse, puis la pose sur sa joue et ferme les yeux, en silence. Et Moïse ferme les yeux, lui aussi.

Table des matières

Dépôt légal - Bibliothèque et Archives nationales du Québec et
Bibliothèque et Archives Canada, 2016

www.ingramcontent.com/pod-product-compliance
Lightning Source LLC
LaVergne TN
LVHW050858200726
843508LV00011B/2045